U0933715

两钱铜币

[日] 江户川乱步 著

张晓东——译

北方联合出版传媒(集团)股份有限公司
万卷出版公司

译者前言

没有江户川乱步，就没有日本推理小说。

江户川乱步（1894—1965），本名平井太郎。“江户川乱步”是笔名，日文读音是“埃德加·爱伦·坡”，毫无疑问这是对美国作家埃德加·爱伦·坡的致敬。在几十年的创作中，江户川乱步逐渐成了日本文坛的“爱伦·坡”——至少是在推理小说领域。如今，江户川乱步已经被公认为日本“侦探推理小说之父”，与松本清张、横沟正史并称为“日本推理文坛三大高峰”。1954年，为纪念江户川乱步六十寿辰，日本文坛设立了“江户川乱步奖”，现已成为日本推理小说界最重要的奖项。

来自欧美的侦探小说，在引入日本后不久，改称为“推理小说”，其倡导者就是江户川乱步。他认为，探案的关键，以及案情进展的脉络，是推理，所以叫作“推理小说”更准确。这一名称的改变，对于日本侦探小说家的创作是有影响的。纵观日本侦探小说作品，不难发现对“推理”的偏爱，相应地，日本侦探小说往往沉浸在理性之中，带有冷静、安静的气质。这在松本清张、岛田庄司、东野圭吾等人的作品中都能感受到。

江户川乱步作品风格多样。本格与变格、社会派与新本格，都来源于江户川乱步。像爱伦·坡一样，他既有情节奇特甚至怪异的作品，也有具备强烈现实感的作品，有时候两种特征杂糅无碍。这种创作特色，一方面缘于个性和才华，另一方面缘于丰富的社会阅历。江户川乱步毕业于早稻田大学政经系，毕业后从事过书商、记者等十几种职业。他有学者的素质，在犯罪学方面造诣颇深，有“日本福尔摩斯”之名。而其丰富的阅历，使小说内容扎实，真实可感。

在江户川乱步之前，侦探小说在日本属于非主流，是供人茶余饭后消遣的娱乐性文学；从江户川乱步开始，侦探小说或者说推理小说正式登上文坛。以他自己的作品为例，长篇《黑蜥蜴》就曾得到纯文学作家三岛由纪夫的喜爱和推崇。

我们这个集子，是从江户川乱步的长篇、中篇、短篇中精选而成的。

目 录

两钱铜币

上

"那个小偷真叫人羡慕啊！"我跟松村武当时都身无长物，以至于说出这种话来。

我俩当时住在一家位置偏僻的破旧木屐店楼上，房间只有十平方米左右，摆着两张一闲张[1]的破桌子，一贫如洗。每天从早到晚，两个人游手好闲，任由想象力肆意驰骋。无能的我俩已到穷途末路，就在这时，看到了一桩名噪一时的盗窃案，忍不住开始羡慕盗窃犯高明的作案手段。

我先大致介绍一下这桩盗窃案，其跟本文的正题密切相关。

那天，芝区一家大电器厂[2]要给员工发工资。根据近万份员工打卡记录，十几个计算工资的工作人员正汗流浃背计算着每个员工本月的工资，把面值二十元、十元、五元的钞票放到堆得像座小山的工资袋中。这些刚刚从银行取出来的钞票几乎把最大的中国皮箱都撑破了。

恰在此时，办公室门口出现了一位绅士。前台的女工作人员问他有何贵干，他说自己是朝日新闻社的记者，想见一见经理。女前台马上把他印

[1] 日本一种漆器。——译注

[2] 原日本芝浦制作所，位于东京。1939年与东京电气株式会社合并为东京芝浦电气株式会社，即东芝公司。——译注

着东京朝日新闻社社会部记者头衔的名片送到经理处，汇报了这件事。

经理刚好很擅长应付记者，况且能对着记者大吹特吹，说出的话还会刊登在报纸上，被当成名人的讲话，这种机会可不多见。尽管觉得这种心理有些孩子气，但能出一把风头，任何人都很难抗拒。于是，经理立即请那个所谓的社会部记者到自己的办公室来。

男人坐到经理面前，一副圆滑世故的样子。他戴着大大的玳瑁框眼镜，留着整整齐齐的小胡子，穿着时尚的黑礼服，带着时尚的折叠公文包。他从烟盒里拿出昂贵的埃及烟卷，拿起桌子上烟灰缸旁边的火柴，以娴熟的动作点上烟，一下将烟圈吐到经理脸上。

男人摆出记者独有的气势汹汹的姿态，一脸天真的表情，用亲切的口吻说："希望您能就员工待遇问题发表一下看法。"

经理便对劳工问题，特别是劳资协调、温情主义等侃侃而谈。在这里就不细述了，反正跟本文没有关系。

记者在经理办公室逗留了大约半小时，然后在经理的谈话间隙说声"对不起"，起身去了卫生间，随后便不知所终。

经理并未觉得此事有何特别，只是觉得记者很无礼。刚好要吃午饭了，经理去了食堂，正在吃从附近一家西餐馆买来的牛排，忽见会计主任跑过来，面色惨白，向经理汇报："付给员工的工资不见了！被人偷走了！"

经理大吃一惊，马上放下午饭，跑去案发现场查看。我们大致能想象这一桩突然发生的盗窃案的具体情况：

以往计算工资都是在门窗上锁的特殊房间内进行，这次却因工厂办公室改建，临时改到经理办公室旁边的会客厅进行。吃午饭时，会客厅的人全走光了，也不知是怎么回事。工作人员都去食堂吃饭，觉得别人会留在会客厅。于是，在开着大门的会客厅中，那满满一箱钞票有半个小时无人看管。一定是有人借此机会溜进会客厅，偷走了这一大笔钱。可那个贼只偷走了皮箱中一捆捆二十元、十元的钞票，没有碰工资袋里的钞票和零钱。

失窃总金额为五万元。

各种调查显示，最大嫌疑人是先前那个记者。不出所料，报社在电话中表示他们那里没有这号人。工厂急忙报警。不过，工资还要照发，只能让银行重新准备二十元、十元的钞票，忙得不可开交。

那段时间，报纸上报道了一个所谓的绅士盗贼，就是那个欺骗经理的记者。

当地警署的司法主任等人到案发现场调查，一点线索都没有查到。能事先准备好报社名片的贼肯定不是什么小贼，不会留下任何证据。经理对他相貌的记忆是仅有的线索，但是很靠不住。因为衣服可以随便换，玳瑁框眼镜、小胡子这些在心急如焚的经理看来很有价值的线索，并不是什么强大的证据，只是最常见的伪装手段而已。

没有办法，警察只能开始漫无目的的搜查，询问附近的车夫、香烟店老板娘、街头小贩等有没有见过打扮成这种模样的男人，知不知道他逃往什么方向。嫌犯的肖像画被送到本市所有派出所。一天、两天、三天过去了，警方用上了一切可能的调查方法，还在车站安插人手监视，并致电其余县[1]、市，请他们协助调查，张开一张大网，结果还是一无所获。

一周很快过去了，警方还是没能抓到那个贼，已经放弃了希望。现在好像没什么法子了，只能等那个贼继续犯案。警方如此消极怠工，工厂办公室很不满，每天向警署打电话打听案件进展，署长为此烦恼不堪。

警署的一名刑警却在其余人都放弃希望时，耐着性子挨家挨户走访本市的香烟店。

本市各区的香烟店中进口烟比较齐全的有十到数十家。刑警把这些店差不多都走遍了，只余下地势比较高的牛込、四谷两个区。刑警心想，今

[1] 日本的县相当于中国的省。——译注

天调查完这两个区的香烟店，若还是一无所获，只能放弃了。刑警一面盼望一面又有些恐惧，好像买彩票的人等着开出中奖号码。他时不时停在各家派出所门口，询问巡警附近香烟店的地址。他不断前行，脑子里除了那个埃及的香烟牌子，什么都没有：Figaro、Figaro、Figaro。

他准备前往牛込的神乐坂，走访那里一家香烟店。他从饭田桥的电车站出发，朝神乐坂走去。走到一家旅店门口，他一下停住脚步。旅店门口兼做下水道盖子的花岗岩石板上有一根烟蒂，正是刑警四处调查的那种埃及香烟的。要不是相当小心细致的人，完全不会留意到。

根据这条线索，刑警顺藤摸瓜，终于抓捕到那个让警方十分头疼的绅士盗贼。可是根据烟蒂抓捕绅士盗贼的过程有些类似于推理小说，当时一家报纸在报道刑警的功绩时，采用了连载的方式。这些连载报道就是我描述的依据，不过，我只能长话短说，不能耽误太多时间。

大家应该能够想象，那个贼留在工厂经理办公室的烟蒂并不常见，这成了这位让人佩服的刑警调查此案的线索。他差不多把本市各区的大香烟店走了个遍。由于Figaro香烟销量不好，卖出过这种埃及香烟的店并不多。来买这种香烟的顾客是什么人，店主都记得很清楚，其中并无可疑之人。

然而，就如刚刚所言，刑警直到最后一天才在饭田桥一带的旅店门口看到这个牌子的烟蒂，这纯属巧合。进入旅店打听时，他不过是想碰碰运气，岂料竟由此得到机会，抓到了那个贼。

其实说到相貌，住在旅店的香烟主人跟工厂经理对警方形容的那个贼判若两人。侦查人员好不容易才从香烟主人房中的火盆底下找到他去工厂偷钱时穿戴的衣服、玳瑁框眼镜和假胡须。绅士盗贼在如此确凿无疑的证据面前只能认罪。

他在审讯时招供，他提前获悉案发当日是工厂发工资的日子，所以选在当天过去，趁经理出去吃饭时溜进旁边临时用来计算工资的会议厅，利落地把折叠公文包里的风衣、鸭舌帽拿出来，同时摘下眼镜和假胡须，穿上风衣遮住礼服，摘掉西式软呢帽子，换上鸭舌帽，镇定自若地从跟来时不同的出入口出去。只是那五万元钞票全都是小面额的钞票，要若无其事地带走，不被任何人疑心，他是怎么做到的？

绅士盗贼露出得意、奸诈的笑容，回答道："我们这一行的人浑身都是袋子。你们要不相信，不妨检查检查你们扣下的礼服。那件西式礼服上全是暗兜，跟魔术师的演出道具差不多，很容易就能藏五万元钞票。要知道，中国的魔术师还能在身上藏盛着水的大水瓮呢。"

这桩盗窃案之所以有趣，在于它没有就此结束。之后的发展出人意表，有别于一般的盗窃案，且跟本文的正题密切相关。

绅士盗贼只字不提他把那五万元钞票藏到了什么地方。警署、检察院、法院轮番上阵，用尽一切手段审讯，他却始终坚称自己对此一无所知。他最后还胡言乱语，说自己在一星期内花光了所有的钱。

警方只好尽量借助侦查手段寻找那笔钱。然而，再彻底的搜查也无法找出失窃的巨款。由于藏匿赃款不肯交出来，绅士盗贼被从重处罚。

失窃的工厂就倒霉了。只抓到盗贼还不够，工厂更想找回那五万元失窃款。尽管抓到盗贼后，警方仍在寻找失窃的钱，但工厂方面始终觉得警方消极怠工。作为一厂之主，经理没有办法，便对外悬赏五万元的百分之十，即五千元找回那笔钱，并表示任何人都能赚这笔赏金。

这桩盗窃案发展到这一步，接下来我就要说说我跟松村武的有趣经历了。

中

本文开篇时，我简单提到我和松村武当时正住在偏僻地带一家木屐店楼上十平方米的小屋里，穷困潦倒，无路可走。

如此困境中唯一幸运的是，此时正是春季，有种发财的方法只有穷人知道。穷人在冬末春初可以赚个大便宜，不，只是感觉赚了个大便宜。因为天冷时才用得着的外衣、秋衣，甚至铺盖、火盆等全都能拿去当掉。多亏了这种天气，我们得以从当前的困境中松一口气，不必担心明天会怎样、月底的房租该怎样筹集。我们能去许久没去过的澡堂，能去理发，到饭店也能放肆地点生鱼片，不用像平时那样只能可怜巴巴地吃味噌汤、泡菜饭。

一天，我在澡堂洗完澡，只觉全身又暖和又放松，怡然自得回到家，坐到漆桌旁——这张桌子布满创痕，就快散架了。

松村刚才一直独自在家，这会儿带着满脸奇怪的兴奋对我说："哎，是你把这两钱铜币放在我桌子上的吧？你从哪里得到的？"

"没错，是我放的。我去买烟，这是找回来的零钱。"

"你去的是哪家香烟店？"

"饭店旁边一个老太太开的那家店，好像没什么人光顾。"

"哦，这样啊。"

不知何故，松村开始思索，随即又固执地问我关于那两钱铜币的事。

"哎，那时候，就是你去买烟的时候，看到过别的顾客吗？"

“应该没有。是的，肯定没有，老太太当时正在打盹。”

松村听到我的答案，露出如释重负的表情。

“你知道那家香烟店除了老太太，还有什么人吗？”

“我跟老太太关系很好，对那家香烟店的情况了如指掌。因为我口味古怪，就喜欢老太太那一脸冷漠的表情，我俩很能说得上话。店里除了老太太，只有一个老头儿，他比老太太还冷漠。你干吗问这个，你想做什么？”

“哦，是有点小事。你这么了解香烟店的情况，能多说一些吗？”

“哦，行。老头儿、老太太生了个女儿，长得挺好看，我见过一两回。听说她老公是给监狱的囚犯送货的，能赚很多钱，所以经常拿钱补贴父母。我听老太太说过，那家店生意很差，就是靠她女儿才好不容易支撑到现在的。”

是松村让我说这些的，可我说的过程中，松村却站起身来，显然没耐心听下去了。他开始在我们的小屋里走来走去，好像动物园里的一头熊。

我俩都很随意，经常说话时突然站起身来。可松村在屋里走了足有半小时，这可太奇怪了。我说不出话，便饶有兴致地旁观起来。要是有人看到这一幕，一定会以为我们发了疯。

这时，我开始觉得饥饿。该吃晚饭了，我刚才又洗过澡，觉得非常饿。松村还像发了疯一样走来走去。我问他是否要跟我一块儿去饭店。他说：“对不起，你自己去吧！”我只能一个人去了。

我吃饱后怡然自得地走回来，看到了罕有的一幕，松村居然找了个按摩师！那是盲哑学校一个年轻的学生、我俩的熟人，他一边按摩松村的肩一边说个不停。

松村像是怕我骂他，先开口说道：“哎，我这样做有我的理由，你不要误会我大手大脚花钱。很快你就知道我为什么要这么做了，现在你先在旁边看着，不要多嘴。”

我们昨天才艰难地说服当铺老板给了我们二十元钱，当时我们简直是从老板手里抢了这笔钱。这是我们共同的财产，现在他拿出六十钱来按摩，这笔钱就用不了原先那么久了，这在当时确实称得上大手大脚花钱。

松村的行为如此反常，我却对此产生了无法名状的兴致。因此，我一边偷窥松村的行为，一边坐到我的桌子旁边，装作正在读从旧书店买来的讲谈本。

松村送走了按摩师，就坐到自己的桌子旁，好像在读一张纸上的东西。随后，他从怀里掏出一张纸，是一张大约两寸、写满小字的薄纸。他将这张纸放到桌子上，专心对比两张纸，还用铅笔在报纸空白的地方写着什么，然后马上擦掉，如此反复。

路灯亮了。门口传来卖豆腐的小贩吹喇叭的声音。很多人去参加庙会，路上十分热闹，这些人过了很久才消失不见。悲凉的笛声从中国拉面店那边传来。原来已经很晚了，我竟毫无察觉。松村还在专心致志做那份奇怪的工作，甚至不记得吃晚饭。我默默铺好床，躺在上面，又开始读已经读完的讲谈本。这很无聊，却是我唯一能做的事。

松村忽然朝我转过身来，问："哎，有东京地图吗？"

"没有吧，去问一问楼下的老板娘。"

"嗯，也好。"

他马上站起来从梯子上下去，梯子被他踩得嘎吱嘎吱响个不停。不一会儿，他回来了，借到一张折缝处快要裂开的东京地图。他重新坐下研究起来，显得那么专注。我瞧着他这副模样，越来越好奇了。

楼下钟声响起，九点了。松村好像暂停了他的研究，从桌子旁边站起身来，到我枕边坐下，为难地说："哎，给我十元钱好不好？"

我对松村这些奇怪的举动满怀兴趣，至于我为什么会这样，以后再说。我甘愿拿出十元钱给他，这可不是小数目，相当于我们总财产的二分之一。

得到十元钞票后，松村马上穿上一件旧夹袄，戴上一顶满是褶皱的鸭舌帽离开了，连一句话都没留下。

我独自待在家里，思考松村这些举动有何用意。我暗自窃喜，不知何时睡着了。朦朦胧胧中，我感觉松村回来了，其余事情就不知道了。我睡得很香，天明才醒。

醒来时差不多十点了。我迷迷糊糊起了床，发现有个奇怪的东西站在我的枕头旁边，不禁大受惊吓。那居然是个男人，穿着条纹和服，系着男士腰带，披着藏蓝羽织，背着个大包袱，打扮得像个生意人。

“是我啊，有必要这么吃惊吗？”

这个男人的声音竟然跟松村如出一辙，真让人惊讶。我认真瞧了瞧，真的是松村。可我从未见他穿过这样的衣服，一时困惑不解。

“你为什么要背包袱？为什么穿成这样？像店里的老板似的！”

“嘘——嘘——别那么大声。”松村做了个双手下压的手势，低声说道，“我带回来一份大礼。”

“你一大早去哪儿了？”受他的怪异行为影响，我也禁不住压低了声音。

松村满脸奸笑，无论怎样都压不下去。他附在我耳边用更低、几乎听不到的声音说：“老兄，这个包袱里装了五万元钱！”

下

大家应该能够想到，松村武手上这些钱就是绅士盗贼藏起来的贼赃。要是送到失窃的工厂去，还能得到五千元悬赏。可松村出于以下几点，不准备物归原主。

老老实实将这些钱送回去，既愚蠢又危险。这些钱专业的刑警花了一个月都没找到，谁会想到这些钱在我们手上呢？我们当然更想得到五万元，不是五千元，不是吗？

最恐怖的是将这些钱物归原主可能会招致绅士盗贼的报复。为保留这些钱，他宁可坐更长时间的牢。要是知道这些钱被人偷走了，他断然不会放过我们，要知道他在作恶这件事上天赋极高。松村说这话时，语气中带着对绅士盗贼的敬畏。秘密吞掉这笔钱都这么危险，为了五千元赏金把钱物归原主就更是如此了。报纸上一定会登出松村武的大名，相当于告诉了盗贼他的仇人是谁。

“不过，至少眼下他是我的手下败将。老兄，那个天赋异禀的盗贼都成了我的手下败将！这种胜利带给我的喜悦比五万元钱更甚，当然能得到这么多钱也很令人兴奋的。我真是个聪明人，至少远比你聪明，这点你要承认。我能发现这一大笔钱，多亏了昨天你买烟找回来的两钱铜币。你把铜币放在我桌上，我留意到铜币上的一处细节，你却未发现。正是靠着这处细节，我找到了五万元钱。哎，这可是五万元钱，相当于两钱铜币的两百五十万倍。你知道这意味着什么吗？意味着我的脑袋远比你聪明。”

两个有些学识的年轻人共同生活在一间小屋里，自然会经常比较谁更聪明。因为整天没事可做，我和松村武时常为此争论，很多时候能兴致勃勃争论到第二天早上。我们都认为自己更聪明，不肯向对方妥协。因此，这次他才想用这项功劳——这项非同一般的大功劳证明他更聪明。

“知道啦，我知道啦，先别卖弄了。你是怎么找到这些钱的，跟我说说吧。”

“别心急。我更感兴趣的是怎么花这五万元钱，不是怎么找到这些钱。可我还是先简单说说我的推理，满足一下你的好奇心吧。”

其实他这样做主要是为了满足他自己的虚荣心，而非我的好奇心。他把他绞尽脑汁推理的过程说给我听。我待在被窝里静静听他讲话，同时抬头看着他骄傲的表情。

“昨天你去澡堂时，我把玩着那枚两钱铜币，忽然看到铜币边沿有根线。我很奇怪，认真检查后发现铜币被分割成了两半。瞧。”他取出桌子抽屉里的铜币，将其打开，像拧开丹药瓶的盖子。

“瞧，这里面是空心的，铜币被做成了容器，初看跟一般的铜币没有任何区别，做工真是精致。我由此联想到，我曾听说越狱的囚犯会将怀表的发条弄成类似于小人国锯子的锯齿状，藏在两钱铜币磨薄做成的容器内，用作越狱的工具。只要有足够的耐心，就能用这种工具锯断任何坚固的铁栅栏，从监狱逃出去。听说国外的盗贼经常用这种工具。我由此想到，这枚铜币可能是哪个盗贼无意中流落到市面上的。可奇怪的不止这一点。我更好奇的并非铜币，而是我从中发现的一张字条。瞧，这张字条在这儿。”

昨天晚上，松村就是对着这张薄纸绞尽脑汁。这是一张日本纸，约有两寸见方，薄得像一片叶子，上面写满小字，其意思难以理解：

陀、无弥佛、南无弥佛、阿陀佛、弥、无阿弥陀、无陀、弥、无弥陀佛、无陀、陀、南无陀佛、南无佛、陀、无阿弥陀、无陀、南佛、南陀、无弥、无阿弥陀佛、弥、南阿陀、无阿弥、南陀佛、南阿弥陀、阿陀、南弥、南无弥佛、无阿弥陀、南无弥陀、南弥、南无弥佛、无阿弥陀、南无陀、南无阿、阿陀佛、无阿弥、南阿、南阿佛、陀、南阿陀、南无、无弥佛、南弥佛、阿弥、弥、无弥陀佛、无陀、南无阿弥陀、阿陀佛

“这段话好像佛经，我看得大惑不解，一开始还以为是有人胡乱写来戏弄人的。可能是哪个小偷决定改过自新，抄了这么多遍南无阿弥陀佛，消除自己的罪过，抄完后放进原先用来装小锯的铜币里。可他并未完整地写下‘南无阿弥陀佛’这六个字，这就很反常了。尽管‘陀、无弥佛’都包含在‘南无阿弥陀佛’中，但其中连一句完整的‘南无阿弥陀佛’都没有，缺少的字数从一个到五个不等。当时，我就判断这应该不是乱写的。

“这时候，我听到你从澡堂回来了，赶紧藏起铜币和纸。我也不清楚自己为何要把这些藏起来，也许是想独自拥有这个秘密，搞清楚一切后再在你面前卖弄。岂料你上楼时，我忽然想到了那个绅士盗贼。他把那五万元钱藏到了什么地方，我不清楚，可是他肯定不会把钱放在某个地方，等出狱后再去取。我猜他肯定会委托手下、伙伴代为保管那些钱。不过，他可能没时间告诉伙伴钱藏在哪里，因为他是突然被捕的。在这种情况下，他会做些什么呢？他要跟伙伴取得联络，只能借助案件判决前待在拘留所的那段时间。要是这张神秘的字条便是他们联络的信……

“我一下想到了这一点。这种想法很不切实际，也很幼稚。因此，我问你这枚两钱铜币是哪儿来的。我居然从你口中得知，香烟店那对夫妻的女婿是往监狱送货的。利用送货人跟外面的人联络，对拘留所的盗贼来说是最好的选择。可是那封信却留在了送货人手中，一定是其中哪个环节弄错了。然后，送货人的妻子把这枚两钱铜币送到了父母家。这是唯一合理的解释。接下来，我开始集中精力思考纸上的字是什么意思。

“这些字看起来一点意义都没有，若当真是一种密码，该如何破解这种密码？我在屋里来回走动，极力想要弄清楚这件事。破解密码的难度确实非常高，怎么看都只能看到‘南无阿弥陀佛’这六个字和标点共七个符号，它们能构成什么句子呢？

“过去我曾对密码做过一点研究。我不是福尔摩斯，却也了解密码大约有一百六十种。我马上开始在脑子里回忆自己了解的每一种密码，想从中找到跟纸上类似的密码。我为此花费了很多时间，这段时间你好像还叫我跟你一块儿去吃饭，是有这回事吧？当时除了集中精力思考，我什么都不想做，所以没跟你去。我最终只找到两种密码跟纸上的密码有少许相像。

“第一种是哲学家培根创造的培根密码，其中只用到了 A、B 两个字母，却能组合出任何单词。比如单词 fly，就能写成 AABAB，AABBA，ABABA。

“第二种是查尔斯一世在位时政府机密文件常用的密码，基本就是把字母用数字代替，举个例子——”

松村在桌上的一张纸上写下了这样的密码：

A　　B　　C　　D……

1111　1112　1121　1211……

“也就是用 1111 代替 A，用 1112 代替 B。我猜我得到的这些密码可能是同样的道理，把五十音替换成南无阿弥陀佛这六个字的各种组合。

“至于如何破解密码，爱伦·坡在《金甲虫》[1] 提到，只要找到字母 E 对应的密码，一切难题就迎刃而解了，这个方法适用于英语、法语、德语。

[1] 爱伦·坡创作的中篇小说，主要内容是主角通过破解一连串密码，找到了海盗的藏宝处。——译注

可我得到的密码很明显是日语，这就不好办了。不过，我还是尝试了爱伦·坡破解密码的方法，却是徒劳。就这样，我的研究进行不下去了。

“我不停地思考着六字组合、六字组合。我又站起来，在屋里走来走去。我觉得六字本身也许是种暗示，开始苦思与六相关的词语。

“想着想着，我突然想到真田幸村[1]旗子上的六连钱[2]，这是我在讲谈本上读到的。这跟密码毫无关系，我却忍不住不停地嘟囔‘六连钱’。

“刹那间，我脑海中闪过一道灵光，想到缩小后的六连钱就跟盲文一样。我不由得高喊一声：‘太棒了！’我可能会据此找到五万元钱。

“但我除了知道盲文是由六个点组合而成的，其余什么都不知道。我很着急，便请来按摩师，向他请教盲文。他教给我这些盲文字母。”

松村从桌子抽屉里拿出一张纸，其中列出了盲文中的五十音，包括浊音符、半浊音符、拗音符、长音符、数字等。

“接下来把‘南无阿弥陀佛’按顺序排成两行，每行三个字，就得到了跟盲文相同的排列。‘南无阿弥陀佛’中的每一个字都对应着盲文中的一点。南对应着点字ア，南无对应着点字イ，以此类推。我就这样破解了这套密码。密码破解的结果在这里，最顶上那一行是将原文‘南无阿弥陀佛’变成跟点字相同的排列，中间一行是与之对应的点字，最底下那一行是破译出来的文字。”

说话间，松村拿出了写着破解结果的纸：

ゴケンチヨーシヨージキドーカラオモチヤノサツヲウケトレウケトリニンノナハダイコクヤシヨーテン

“意思是到五轩町的正直堂去，从大黑屋商店那里领回玩具钞票。一切

[1] 真田幸村（1567—1615），日本战国时代的名将。——译注

[2] 即将六枚铜币排成两行三列。——译注

都很清楚了。但为何要领玩具钞票呢？我又开始思考，轻而易举解开了这个谜。那位绅士盗贼不仅有头脑，考虑周密，还有小说家的灵活，让我佩服不已。哎，玩具钞票这个设计太妙了。

“我的猜测就是这样，结果一切都跟我的猜测相符。为了避免意外，绅士盗贼一定会预先找个安全的地方藏起那笔贼赃。而世间最保险的隐藏方法就是将其暴露在大家眼前，却没有任何人察觉。聪明的绅士盗贼对这一点有深入了解，便想到用玩具钞票做幌子。我猜测正直堂应该是印制玩具钞票的工厂，果然没错。他预先向正直堂订了一批玩具钞票，订货方写的是大黑屋商店。

“近来在花街柳巷很流行这种跟真钞差不多的玩具钞票。这件事是谁告诉我的？哦，是你。近来那些风流雅士喜欢送女孩惊吓盒、泥土做的糕点和水果、玩具蛇之类以假乱真的玩意儿，让女孩又惊又喜。如此一来，即使绅士盗贼订了一些跟真钞差不多的假钞，人们也不会对他生疑。他准备好这些，再偷走那批真钞，偷偷溜进印刷厂，将自己订购的玩具钞票换成真钞。于是，这五万元能在各处流通的真钞就会作为玩具钞票留在印刷厂的仓库中，十分保险，只等订货方去取。

“也许这不过是我的猜测，也许是真的。我决定过去瞧瞧。我找来地图，在神田区找到了五轩町。总算可以去取玩具钞票了，我却为不想留下任何蛛丝马迹犯了难。一旦那个凶狠的家伙找到了我留下的线索，会怎样报复我呢？我这么胆小，只是想一想就浑身哆嗦。我一定要尽量乔装打扮，叫人认不出我来，所以我就变成了这副模样。我买了一整套衣服，花了十元钱。看，这个主意很棒吧！”

松村很骄傲，把整齐的门牙露出来。他口中多了颗光芒闪烁的金牙，我刚刚就发现了。他用指尖把金牙拿下来，凑到我眼前，得意地说：“铁皮上镀了层金，能套在牙上，是我从夜市上买的。这个只值二十钱的铁皮能发挥大作用。金牙是种很引人注目的玩意儿，以后肯定会成为那人找寻我的线索。

“我准备好这些，今天早上去了五轩町。那批玩具假钞的印刷费不知要多少钱，我为此忧心忡忡。绅士盗贼想必会事先付清所有钱，以免印刷厂把他的玩具钞票转卖出去。可他要是没有这么做，我可能要付二三十元钱。我哪有这么多钱呢？不过，我觉得可以到时再想法子敷衍过去，事先不用想太多。于是，我照旧出发了。结果印刷厂马上给了我那批玩具钞票，根本没提印刷费用的事。我就这样轻而易举地把这五万元钱据为己有。现在应该讨论一下怎么使用这笔钱了，你有没有想法？”

我很少见到松村如此兴奋，说个不停。五万元钱的力量果然惊人，我为此十分惊叹。谈到这段经历时，松村满脸得意，叫人不能不留意，但我无意再多做描绘。他极力想掩饰自己的骄傲，可他那种由衷的、难以名状的喜悦却是无论如何都掩饰不了的。我看着他说话时得意、兴奋的样子，不由得一阵心酸。听说曾有个穷人买彩票中了一千万大奖，结果发了疯。既然如此，松村为五万元欣喜若狂，也是正常反应。

我希望他能一直这么高兴，我为了松村这样祈祷。

可我从松村的推理中找到了一个明显的漏洞。他说完后，我便大笑起来。此举很不恰当，我本想控制住自己，却失败了。我明白这时候大笑太不合时宜，暗暗自责。可我心里那个爱开玩笑的小恶魔不停地挠我痒痒，我像看到了最滑稽的喜剧一样狂笑起来。

松村瞧着狂笑的我呆住了，脸上的表情像遇到了怪物。他问：“你怎么啦？”

我好不容易忍住笑，说：“你的推理太厉害了，这项工作这么难做，你都做完了。从今往后，我肯定会对你聪明的头脑加倍尊重。我的确没有你聪明，你说得没错。可现实生活中真会有这么巧合的事吗？”

松村注视着我，一脸困惑，没有说话。

“也就是说，在你看来，绅士盗贼真有这样的聪明才智吗？要是写小说，你这番想象完全合理，这我承认。可是跟小说比起来，社会要现实得多。如果从小说角度谈论这件事，我想提醒你，这些密码只有这一种破解方法吗？我是说会不会有另外一种翻译能取代你的翻译？比如能不能隔着八个字跳着读这句话？”

我边说边在松村翻译的句子上标记：

ゴジヤウダン

“意思是‘开玩笑’，你明白这句话的意思吗？这只是凑巧吗？是有人在开玩笑吧？”

松村不说话，起身将那个包袱拿到我眼前，他坚信其中装有五万元钞票。

“那这一大笔钱是怎么回事？若是小说，就不会有这笔钱了！”

他的声音很严肃，像要跟人决斗一样。忽然，我觉得很恐惧，后悔不迭。我只是想开个玩笑，没想到会是这样的结果。

“请原谅我做了这件事，我十分抱歉！你小心翼翼拿回来的五万元钱都是玩具钞票，你可以打开好好检查检查。”

松村解开包袱时，手上的动作像在一片漆黑中摸索某样东西。我见他如此，越发愧疚。过了很久，他终于打开包袱，其中放着两个方方正正的纸包，外面包裹着报纸，一个纸包里的钞票从撕破的报纸中露出来。

“回来的路上，我亲自打开看过。”松村的声音就像噎住了一样低沉。

他把报纸全撕下来。打眼一看，那些假钞几乎能以假乱真。可仔细看看就会发现，钞票上的“圆”字被“团”字取代了，“二十圆”变成了“二十团”，“十圆”变成了“十团”。松村翻来覆去看了一遍又一遍，完全无法相信。他的笑容逐渐消失，只余下一片淡漠。我愧疚极了，这个玩笑实在开过了头。我再三向他解释，他好像没听到，整整一天都不说话，似乎变成了哑巴。

故事就到此为止，可我还要稍微解释一下我的玩笑，以满足大家的好奇。

正直堂印刷厂老板是我的远房亲戚。我向他借了好几次钱，但一直没还。

一天，我又想起了他，我实在是无路可走了。我满怀愧疚，却还是怀揣着再借点钱的希望，去了许久不去的亲戚家。当然了，松村对此一无所知。一如我预想的那样，我并未借到钱。不过，我无意中看到印刷厂正在生产玩具钞票，跟真钞几乎没有区别，我还得知这批货是印刷厂的老客户大黑屋商店订的。

想到我和松村每天都在讨论的绅士盗贼，我脑海中闪过一道灵光，决定做一场戏，开这样一个无聊的玩笑。因为跟松村一样，我平日里也经常为证明自己比他聪明，寻觅各种各样的证据。

我自己创造了那些拙劣的密码，但这只是突发奇想，我对外国的密码历史可没有松村那么深的研究。我还骗松村说香烟店的女婿是给监狱送货的，可香烟店那对夫妻可能连女儿都没有。但我在这出戏中最不放心的不是这些戏剧桥段，而是另外一件事，它虽然最为现实，但从整体上来说又最难掌控、最多变数。这件事就是我看中的那批玩具钞票会不会在松村赶到之前，就被订货方取走了。

因为我那位亲戚都是隔一段日子才跟大黑屋商店结一次账，所以我完全不担心玩具钞票的印刷费用。而正直堂做生意的方式向来都非常原始、不拘小节，即使没有大黑屋老板取货的单据，松村多半也能顺利拿到货，这点对我更加有利。

可惜对于这出戏最初的引子两钱铜币，我不能多说什么。因为送给我铜币的人可能会因我说出此事受到牵连，大家就当我得到铜币只是种巧合吧。

人体椅子

每天上午十点钟，佳子送走做公务员的丈夫后，就能享受一段自由的时光了。她会到自己和丈夫共用的书房写长篇小说，这篇小说将在K杂志的夏季增刊号上连载。

作为一名美女作家，佳子近来名声大振，更胜过担任外务省[1]书记官的丈夫。常有素不相识的人慕名写信给她，差不多每天都会有好几封这样的信。

今天早上，佳子像往常一样坐到书桌前，先读那些素不相识之人的来信，然后开始写作。

凡是写给自己的信，不管多么单调乏味，佳子都会读一遍，这是她作为女子的温柔体贴使然。

由简到繁，她先看了一张明信片、两封信，最后只剩一封厚厚的信，好像装了稿件。以前也经常有人毫无预兆地向她投稿，大多写得拖沓而无味。不过，佳子还是打开了这封信，想看看题目是什么。

里面是一摞纸，如她所料是稿纸，还装订起来了。稿纸上看不到题目和作者的名字，让人莫名其妙。开头便称呼“夫人”，奇怪，这真的是一封来信吗？她很困惑，向下扫视了几行，一种相当可怕的预感隐隐浮现在

[1] 日本政府中负责对外关系事务的最高机构。——译注

心头。出于好奇，她忍不住继续读下去。

夫人：

我和夫人素不相识，还请夫人不要介意我如此冒昧地给你写信。

夫人忽然看到这些，必然会十分惊讶，可我犯了太多可怕的罪行，不能不向夫人坦白。

我已彻底告别人世间几个月，像真正的魔鬼般度日。世界这么大，我所做的一切却无人知晓。我可能不会再回到人世间了，除非发生了什么意外。

不过，我的心情近来有所改变，这种改变很奇妙。我的处境如此悲惨，我必须为此忏悔。夫人只看到这里，肯定会吃惊、困惑。夫人若想知道我为何会有这种心情，为何非要对着夫人忏悔，就请一定把这封信看完。

好了，该从何说起呢？我下定决心，要为夫人写下这件极为诡异的事情。此前我拖延了很久，因为人间这种常用的沟通方式让我很难为情。然而，犹豫并没有什么用。总而言之，我就按照时间顺序写吧。

我生来就是个容貌丑陋的男人。夫人，请您务必记住这一点。如若不然，我觍颜请求跟您见面，您应允了，那我在长期的堕落生活中变得更加丑陋不堪的容貌就会暴露在您面前，而您一点准备都没有，必将会大受惊吓，说不定还会反应过度。对我而言，这种结果是不堪忍受的。

我是个多么不幸的人啊！我丑陋外表下的内心满怀热情，但外人对此一无所知。形同怪兽的容貌、穷苦木匠的身份，这些都被我抛诸脑后。我做着各种美梦，每个梦都那么遥不可及。

若有富贵的出身，我可能会有钱玩各种游戏，忘掉丑陋带来的哀伤。若有更高的艺术天赋，我可能会写出优美的诗，忘掉人间的枯燥无味。可我没有半点天赋，我的父亲只是个卑微的木匠，我只能子承父业，靠打造家具养活自己，真是悲哀。

老板很看重我，经常把高级订单交给我负责，因为我做的椅子能让最吹毛求疵的客人都挑不出毛病来。按照高级订单做椅子的艰辛是外界无法想象的，客人要么要求在椅子靠背或扶手上雕刻十分复杂的花样，要么对坐垫的弹性、各处的尺寸都吹毛求疵。不过，为此付出这么多精力后，完成订单时的快乐也是其余一切无法比拟的。在我看来，这就像艺术家完成一件佳作时的心情，这样说可能很自大。

我每次做好一张椅子，都会试坐一下。这是我枯燥的木匠生涯中唯一感到骄傲且满足的时刻。以后会有哪位高贵的绅士或美丽的女士坐到这张椅子上呢？那家人花这么多钱定制椅子，家里一定很豪华，能配得上这张椅子。他们家的墙上会挂着著名的油画，天花板上吊着庞大且绚烂如宝石的水晶吊灯，地板上铺着昂贵的地毯，椅子所配的桌子上摆着漂亮的西方花卉，盛放的花朵散发出浓郁的香味。沉浸在这种想象中，我觉得那座豪华的房子仿佛变成了我的。这给了我一种难以名状的愉悦，哪怕这愉悦转瞬即逝，也不妨碍我沉浸其中。

这虚无缥缈的想象变得越来越严重。我这个又穷又丑的木匠，在想象中变成了坐在自己亲手打造的豪华椅子上的翩翩公子。时常会有美丽的姑娘温顺地坐在我身旁，带着羞涩的笑容听我讲话，有时还会握着我的手，说着甜蜜的情话。

可这快乐、美妙的粉红色梦每次都会被唤醒，唤醒我的要么是邻居大娘尖锐的话语声，要么是周围生病的孩子的号啕大哭声。于是，我重回现实，再次看到了现实那丑陋的灰色身体，看到了丑得可怜的自己，跟梦里那个翩翩公子判若两人，那个美丽的姑娘也已无处寻觅。我周围都是些年轻的保姆，她们每天从早忙到晚，精疲力竭，根本懒得理我。只剩下我费尽心思打造的椅子，就像美梦残存的碎片独自留在那里。然而，椅子很快也将被运到一个完全不同的世界中去。

因此，我每次打好一张椅子，都会不由得产生空虚感，难以用语言来形容。随着时间的推移，这种无法言明、让我极度痛恨的情绪变得越来越沉重，超出了我的承受范围。

“就算死了也好过继续过这种卑微至极的生活。”我开始郑重思考这件事，坚持不懈地思考，哪怕在工作间敲击凿子或锤子、搅拌呛人的油漆时也没闲着。“但是等一下，连死都不怕了，还找不到别的出路吗？比如……”我逐渐走上了旁门左道。

刚好有客人送来订单，指名要我做一批宽大的扶手皮椅，这对我来说是全新的尝试。椅子做好后，要送去我所在的Y市一家酒店。酒店老板是外国人，原先总是从本国运家具过来。我的老板为了得到这笔订单，跟对方说，日本也有木匠能做出水准堪比进口家具的好东西。结果老板如愿以偿。我知道这个机会很难得，全身心投入其中，毫无保留。

看见椅子的成品时，我感觉它们太完美、太迷人了，由此产生了空前的满足感。我又像过去那样从一组四张椅子中搬出一张，安心地在铺着木地板的明亮的房间里试坐。好舒服的椅子啊！没有一处不是完美无缺的，将安乐椅中的“安乐”一词表达得淋漓尽致：松软得恰到好处的坐垫，保持原色的灰色皮革的触感，倾斜角度适中、轻托后背的厚实靠背，还有两侧弧线优美且饱满的扶手。

我沉醉了，坐在椅子深处，满怀深情抚摸着圆润的扶手，再次陷入了想象。我的想象连绵不绝，色彩斑斓仿佛彩虹。这真的只是想象吗？我怀疑自己发了疯，因为我的想象简直太逼真了。

一种奇妙的想法闯入我脑海中。这可能就是人们所说的魔鬼的低语吧。它荒谬、离奇宛如梦境，却对我充满诱惑，让我无法抗拒。

我最开始只是想一直跟我精心制作的漂亮椅子在一起，它到哪里，我就到哪里。恍惚中，我的想象展开了翅膀，居然联想到一个长期藏在心中的古怪想法。哦，我竟想将这怪想法付诸实践，实在疯得离谱。

为实施我匪夷所思的计划，我赶紧把四张椅子中我认为最完美无瑕的那一张拆开重做。

这张庞大的扶手椅坐垫下面并不是四条腿，而是一个包裹着皮革的箱状物，靠背、扶手都做得又厚又大，内部所有中空的部分都彼此相通，可以神不知鬼不觉藏一个人。椅子内部的空间当然是用坚固的木头撑起来的，为了更加舒服，还安装了很多弹簧。可我要制造更多的空间，就要做一些恰如其分的修改，让坐垫下面可以容纳腿，靠背内部可以容纳上半身和头。人要藏在椅子里，在其中保持坐姿即可。

我很快把椅子修改好了，这是我最擅长的工作。为了方便在椅子里生活，我在皮革一端留了缝隙，便于呼吸、听声，这缝隙很难被外人发现。我还在靠背内部头所在的位置旁边装上小型置物架，放入水壶、食物和一个大大的橡皮袋子，满足自己所需。我又做了很多其他工作。到了最后，只要有足够的食物，我就能安然藏身于椅子中两三日。椅子内部的空间俨然变成了一个小房间。

我把衣服脱下来，仅余一件衬衣。我掀开椅子底端的盖子，从这里钻进去。眼前黑得伸手不见五指，呼吸困难，十分可怕，就像走进了墓穴。细细想来的确是墓穴，钻进椅子就像穿上了隐身衣，从此在人间销声匿迹。

老板很快派人过来，用大货车拉走这四张椅子。跟我一起住在这儿的学徒对我的事一无所知，跟来人说了些客套话。工人往车上搬椅子时抱怨：“这玩意儿也太沉了。”我非常恐慌，好在他们并未疑心什么，因为扶手椅本身就很沉。货车不久便轰隆隆响起来，震动带来的奇异感觉深入我体内。

一路上，我都惴惴不安。当天下午，我藏身的扶手椅被顺利安放在酒店一个房间。之后，我得知这是酒店大堂，而非包厢，顾客们可以在大堂等待、看报纸、吸烟。这里就类似于休息室，人来人往。

趁着周围没人时悄悄钻出椅子，到酒店各处偷东西，是我做出如此诡异之举最重要的目的，这点夫人应该已经猜到了。世间居然会有人藏在椅子里，简直太荒谬了，怎么会有人相信呢？我可以随心所欲到各个房间去，像影子一样。一旦惹出什么事，我就躲进椅子里，没人知道我藏在这儿。那些蠢笨的人四处搜寻，我就静静待在椅子里做看客。夫人有没有听说过生活在海边的寄居蟹？其酷似大蜘蛛，若四周无人，就会出来肆无忌惮地活动，一旦听到脚步声，就极为迅速地缩回壳子里，伸出长满绒毛、令人作呕的前肢探听敌人的一举一动。我就像寄居蟹一样，只是用椅子取代壳子作为秘密据点，并将肆意活动的地点从海岸转移到了酒店。

我没想到这个计划竟实施得非常顺利，多亏了我的奇思妙想。我到酒店的第三天，就偷到了一大笔钱。我被以下几点彻底迷住了：偷东西时那种紧张、享受的情绪，顺利偷到东西时无法形容的欢喜，以及看到大家在旁边大叫“他在哪儿”“他在哪儿”时的快活。可惜时间有限，我不能事无巨细写下来。

接着，我又找到了一种独特的消遣，它带给我的快乐是偷东西的十余倍甚至二十倍。我之所以写这封信，正是为了说明此事。

这还要从我藏身的椅子被放到酒店大堂时说起。酒店老板总会在椅子送过来后试坐，但当时我听到周围一点动静都没有，多半没有人。不过，我刚刚才到，不敢从椅子里出来，风险太大了。在很长的一段时间内——也可能只是我自己觉得时间很长——我动用所有注意力聆听周围的动静，连一丝声响都不放过。

不久，隐隐有沉甸甸的脚步声从走廊传来。脚步声在椅子前四五米处停下来，随即响起了摩擦声，声音很低。由此可见，地板上可能铺了地毯。男人粗重的喘息声迅速逼近，我很惊讶。随即感到一个人坐到我膝上，并微微弹动了几下。此人身形巨大，好像是欧美人。我的大腿跟他肌肉紧实、浑圆的屁股隔着单薄的皮革紧贴在一起。他的宽肩刚好倚在我胸前，厚厚的双手按在椅子扶手上，下面就是我的手。他开始抽雪茄。透过皮革的缝隙，我嗅到了男人身上强烈的体味。

夫人，若您能从我的角度加以想象，就能明白这是怎样一种荒谬的处境。处在一片漆黑中，我身体僵直，腋下冒汗，头脑空白，我实在是太害怕了。

这一天接下来的时间，各种顾客接连在我膝头上落座，但无人发觉椅子里藏了一个我。他们相信自己坐的是软乎乎的坐垫，没人发现那竟是活人的大腿。

皮革底下的世界一片漆黑，人在其中动弹不得，很是诡异。我在其中感受到的人类是一种奇怪的生灵，迥异于我平时看到的他们。人类变成了声音、呼吸、脚步声、衣服鞋子的摩擦声、几块圆滚滚且有弹性的肉，仅此而已。抛开视觉不管，只借助皮肤的触感，我就能把每个人分辨出来。有的人触感如同腐坏的鱼肉，是那些胖子；有的人则刚好相反，触感如同尸骨，是那些瘦子。再加上后背弯曲的弧度、肩胛骨的宽度、胳膊的长度、大腿的粗细程度、尾椎骨的长度，不同的人不管身材多相像，都是有区别的。要区分不同的人，除了相貌、指纹，浑身上下的触感也能作为依据。

女性同样如此。人们通常都会关注一个人长得美还是丑，可这个问题对藏身椅子里的我来说算不得什么。赤裸裸的身体、声音、味道，是椅子里的我所能感知的一切。夫人，我的描述实在露骨，还请见谅。

我在椅子里，对第一个坐上椅子的女人的身体产生了强烈的爱慕。我听到了她的声音，判断她是个外国姑娘，正处在青春年华。大堂刚好没人，她低声哼唱着美妙的歌曲，迈着欢快的脚步走进来，好像在为某件事而欣喜。来到我藏身的椅子旁，她一下坐到我身上。她的身体那么丰腴，那么柔软。忽然之间，她哈哈大笑起来，手脚乱舞，身体上下弹动，好像被网住的鱼，真是莫名其妙。随后的半小时，她一直坐在我膝头上，一会儿唱歌，一会儿和着歌轻轻舞动沉甸甸的身体。

这可真是件不得了的大事，完全出乎我的意料。女人在我心目中是神圣乃至可怕的，我连正视她们的勇气都没有。眼下，我却跟一个素不相识的外国女孩在一个房间里，坐在同一张椅子上，两个人的身体只隔着一层单薄的皮革，身体的温度简直已融为一体。而她如此安心，把身体的重量全压在我身上，松弛、自由，毫不拘谨，完全是独处时才有的状态。更有甚者，我可以做任何想做的事，包括抱紧她，在她丰满的脖子后落下一个吻。

这个发现让我大吃一惊，从此以后，我彻底沉浸在了这个神秘的感官世界中，偷东西反而变得不那么重要了。我想命运给我的归宿就在这张椅子里。处在光明的世界中，我这种丑陋、怯懦的人永远无法摆脱自卑，只能过着羞耻、凄惨的生活。然而，改变生活环境后，我却能跟那些漂亮的姑娘亲密接触，听她们说话，触碰她们的皮肤。在光明的世界中，我根本无法走近她们，更别说跟她们说话。而我付出的代价不过是忍受椅子内狭窄的空间，这并非什么难事。

所有未曾亲自体会过的人，都无法了解藏身椅子中的爱情的特殊、迷人之处。这种爱情根本不存在于人世间，其只涉及触觉、听觉、嗅觉，诞生于一片黑暗中。难道这便是来自魔鬼国度的情欲？由此可见，我们根本无法想象，人世间那些不为人知的角落里正在发生什么匪夷所思、骇人听闻的事。

我原计划偷到东西后就从酒店逃走，却被这种罕有的快乐深深吸引，我想在椅子里藏一辈子，不想逃走了。

每天晚上，我钻出椅子在酒店各处活动时，都小心避免发出任何声响，因此一直平安无事。我在椅子里度过了好几个月，没有遇到任何意外，我自己都觉得难以置信。

每天二十四小时，我都要保持胳膊、腿弯曲着，躲在狭窄的椅子里。我全身上下都麻痹了，站都站不起来，从大堂去厨房时只能爬着去，好像瘫痪了一样。可我宁愿忍受这种折磨，也不要放弃这奇妙的感官世界，真像疯了一样。

有些人会在酒店住一两个月，好像把这里当成了自己家。可酒店终归是酒店，顾客流动性很大。随着时间的推移，我不得不经常改变美丽爱情的另一半。这些数不清的梦一般的情人留在我记忆中的是触感，而非通常情况下的外表。

一些人身材精瘦，肌肉结实，强壮得像一匹小马；一些人身体十分灵活，妖媚如蛇；一些人脂肪很厚，圆滚滚的，且弹力十足，好像皮球；还有一些人肌肉发达，完美无瑕，健美如同希腊雕塑。而所有女人的身体都独具特色，充满诱惑。我从各种女人身上得到了各不相同的感受。

曾有一个欧洲大国的大使(我从服务生的闲聊中听说了此人的身份)坐过我的膝盖。他是个了不起的人，抛开政治家的身份不谈，还是一位诗人，在全世界都很有名。我非常自豪能跟这么了不起的人亲密接触。他坐在我身上，跟几个本国人聊起来。大约十分钟后，他们走了。他们具体聊了些什么，我当然一无所知。不过，他每次打手势，就会缩紧温度远高于普通人的肌肉，给我的触感好像在挠痒痒，对我产生的刺激简直无法用言语形容。

我忽然想到，如果手持利刃，从皮革背后冷不丁朝他的心脏刺过去，结果会怎么样？一定会让他就此倒下，命丧黄泉。这会在他本国和日本政坛引发多么可怕的轩然大波？报纸上又会刊登出多么煽情的新闻？他死后，除了会对日本与他本国的邦交造成恶劣影响，还会给全世界的艺术发展带来巨大损失。而我能轻而易举做到这样一件大事，我因此觉得很骄傲。

酒店还曾迎来某位来日本访问的外国著名舞蹈家。她坐到了我这张椅子上，不过只有一次。她带给我的感受跟大使相似。除此之外，我还从她身上得到了一种美好的身体触感，这是我从未体会过的。我在这绝世之美面前，没有余暇生出任何龌龊的念头，只有虔诚与赞美，像对着一件艺术品。

我还经历过很多事，或诡异或奇妙或恐怖。可是把这些全都详细描绘出来会很拖沓，我写这封信并不是为了这个，还是说正题吧。

我的命运在我潜藏在酒店数月后出现了转折。基于某些原因，酒店老板要回国，把整家酒店转让给了日本一家公司。新任老板为了赚更多钱，准备将酒店改建为针对普通消费者而非有钱人的平价旅店。有些陈设派不上用场了，比如我这张椅子，就被他送到一家大家具店准备拍卖。

我听说此事后，一度非常失望，还想回到现实中开始全新的生活。我不用再过以前那种穷困的生活了，因为我偷了很多钱。然而，仔细想想，我从这家外国人开的酒店离开后，除了失望，还会有新的可能。我这几个月对数不清的女人产生了爱慕之情，可她们全都是外国人，她们的身体再美妙、再让我喜爱有加，都无法让我获得精神满足。我逐渐意识到，日本人只可能爱上自己的同胞。现在我这张椅子要被拍卖了，我期待买主会是日本人，椅子会摆在日本人的家中。不管怎样，我下定决心暂时留在椅子里。

在旧家具店，我艰难熬过了好几天。好在我这张椅子在拍卖中很快找到了买主。也许是因为椅子本身很华丽，即使旧了，依然很吸引眼球。

买主是一名政府官员，家在另外一座城市，距离Y市很近。从旧家具店去他家，需要走几公里。途中卡车颠簸得很厉害，躲在椅子里的我受尽煎熬。不过，这种煎熬比起我得偿所愿找到一个日本买主，不值一提。

他家是一座西式小楼，看起来很不错。我这张椅子被搬进了书房，书房的面积很大。年轻美丽的女主人用这张椅子的频率远高于男主人，这让我尤为满意。接下来的一个月，我跟女主人朝夕相伴。除了吃饭、睡觉，她一直待在书房里写作，柔软的身体始终坐在我身上。

我不必详细描绘我对她的深情。在此之前，我从未跟任何日本人有过这种亲密的接触，更何况是身体那么完美的日本女人。何谓真正的爱情，我终于有了体会。在酒店的那么多经历，跟这种体会相比什么都不是。因为我只有对着这位女主人，才萌生了一种想法，即我要想办法让她感知到我，不能仅仅躲在暗地里抚摸她。

我盼望女主人能发现我藏在椅子里，更有甚者，还盼望她能爱上我。我应该如何向她做出暗示呢？若直接告诉她有人藏在椅子里，她必会大吃一惊，把这件事说给男主人、仆人们听。若真是这样，一切就都完了，我会因犯下重罪，受到法律严惩。

因此，我决定尽可能给女主人舒服的感觉，让她爱上我这张椅子。跟普通人相比，她的感官应该更敏锐，否则不会走艺术这条路。若她能感知到椅子的生命，将椅子当成活物而非死物，对其满怀喜爱之情，我就满足了。

我每次都尽可能温柔地接住她落下来的身体。若她疲惫了，我就移动膝盖，偷偷帮她调整坐姿。若她昏昏欲睡，我就化身为摇篮，轻轻摇晃膝头。

近来，女主人好像对我这张椅子产生了很深的感情，也不知是我的付出得到了回报，还是我的幻觉。女主人会蜷缩在椅子里，情意绵绵如同在母亲怀抱里的婴孩，在恋人怀抱里的年轻姑娘。她的身体在我腿上移动时那副楚楚动人的样子，好像已在我眼前呈现出来。

我的感情变得越来越热烈。最终，哦，夫人，我有一个心愿，却难以实现。我想跟我爱的人见一面，说几句话。若能得偿所愿，我情愿去死。唉，我为此痛苦不堪。

夫人，您应该已经猜到了，您就是我爱的人。我如此唐突，罪不可恕，但还是请您宽恕我。您丈夫从Y市的旧家具店买下我这张椅子后，我这个可怜虫就爱上了您，不断向您献出我的爱。

夫人，您能不能答应跟我见一面？除此之外，我一生别无他求。请您可怜可怜我这个丑八怪，给我哪怕是一句宽慰的话语吧。我如此丑陋，如此龌龊，没有资格产生更多奢望。这是这个处境悲惨的男人最后的请求，请您答应我吧！

昨天晚上，我偷偷跑出您家，写了这封信。毕竟直接在夫人面前提出这样的请求，实在太冒险了，而我又如此胆怯。

您看这封信时，我正在您家附近踟蹰。因为满心忧虑，我的面色一片惨白。

我的请求实在唐突，但您若愿意答应，就请在书房窗台的石竹上放一条手帕。我看到手帕，就会到您家门口，假装是一次普通的拜访。

伴随着这一满怀热情的期盼，这封奇怪的信画上了句号。

佳子读到中间时，就生出了一种可怕的预感，深感恐慌。她忍不住站起来，从书房跑进日式卧室，躲开那张令人作呕的扶手椅。她想干脆撕了这封信，不想再读下去。可她实在放不下，又接着读了几行。

预感成真了。哦，这简直太可怕了，居然有个陌生男人藏在她每天坐的扶手椅里！

“啊，多么恐怖啊！”

她全身颤抖，无法停止，好像被兜头浇了一盆凉水。过度受惊的她不知所措，难道要检查一下椅子吗？她如何应付这么可怕的事？就算他已经跑了，他吃剩下的食物、他身上的脏东西肯定也还留在椅子里。

“夫人，您的信。”

佳子大吃一惊，扭头看到女仆拿着一封信，好像是刚送过来的。佳子接过信，没有多想。可在拆信之前，她无意间瞥到信封上写着她姓名、地址的字迹，跟那封荒谬的信如出一辙。她大受惊吓，手指一松。

她不知应不应该拆开这封信，迟疑了很久。最终，还是拆开信读起来，心里七上八下的。这是一封简单而奇异的信，让她又一次大吃一惊。

请老师不要介意我如此冒昧地给您写信。我向来非常喜欢老师的文章，先前给老师寄去了我写的稿子，文笔青涩。老师若能看一看，并不吝赐教，我将深感荣幸。我因种种原因，在写这封信之前，先把稿子寄给了老师。老师可能已经看完了，有何感想？若老师能对我的作品有所感触，我会非常高兴。我将稿子上的文章取名为《人体椅子》，但是有意省略了题目没有写出来。

望老师不吝赐教。先此致谢，不尽欲言。

D坂杀人案

案情　上

这件事发生于九月上旬的一天夜里，天气闷热。我在 D 坂大街中央处的白梅轩咖啡店里，慢慢喝一杯冰咖啡。我时常到这家咖啡店来。刚刚从学校毕业，我还没找到工作，基本每天都无事可做，只是躲在租住的屋子里读书，读得厌倦了就出来走走，或待在廉价咖啡店里打发时间。我最经常光顾的就是这家白梅轩咖啡店，因为这里在我租住的屋子附近，且无论去哪里散步，我都会从这里经过。每次进咖啡店，我都会逗留很长时间，这可不是什么好习惯。我本来就没胃口，又没有钱，在咖啡店的一两个小时一般只喝两三杯便宜的咖啡，不会点任何食物。我并不是因为看中了咖啡店的女侍者，才经常到这里来。我也从不跟她们打情骂俏。我到这里的原因很简单，因为跟我租住的屋子相比，这里的条件更好更舒服。

这件事发生的那天晚上，我一如既往坐在能看到外面街道的位子上，一边漫不经心地望着街景，一边喝冰咖啡，一杯咖啡喝了十分钟。

D 坂大街的白梅轩咖啡店的菊人偶[1]一度远近闻名。这件事发生时，因为市区整顿规划，先前狭窄的街道被拓宽到好几米。街道两侧店面不多，空出了很多地方，显得非常冷清。

[1] 日本一种带有菊花等花朵装饰的人偶。——译注

我一直在留意跟白梅轩隔街相对的一家旧书店。这家地处城郊偏僻地区、看起来平平无奇的旧书店，好像并不值得留意。可对我而言，它却有种难以形容的吸引力。近来，我在白梅轩认识了一个叫明智小五郎的怪人。我跟他交谈了几次，发现他的确很奇怪，而且像是个很有头脑的人。不过，我之所以注意他，主要是因为他同样对推理小说很感兴趣。最近，他告诉我，他小时候经常跟对面那家旧书店的老板娘一起玩。我去过那家店两三次，看到老板娘长得并不那么醒目，却很美丽，很性感，对男人颇有吸引力。她每天晚上都会待在店里，今晚应该也不例外。可我把那家长宽只有四五米左右的小店看了个遍，也没找到她的身影。我继续待在咖啡店，心想她可能很快就会赶过来了。

岂料她一直没出现，我失去了耐心，正要去旁边那家钟表店，忽然发现连接旧书店的店面和内室的纸门猛地关起来了。这种有着独特构造的纸门被专业人士盛赞为举世无双的新颖设计，只有门框部分，中间部分本应糊上纸，却代之以密密麻麻的竖格子，每个格子宽约五厘米，有别于一般纸门。因为小偷经常在旧书店出没，所以就算店里的人去了内间，也必然会随时从纸门的缝隙观察店里的情况。可意外出现了，内间的人竟把竖格子都拉拢了，没有留下任何缝隙。如果现在天气很冷，这样做还说得过去。可九月刚刚开始，晚上还十分闷热，把门完全关上实在反常。难道旧书店内间发生了什么？我觉得事有蹊跷，于是盯住那里不放。

说起来这一带好像流传着不少关于旧书店老板娘的流言蜚语。去澡堂洗澡时，咖啡店女侍者从周围店铺的老板娘嘴里听到过很多这种传言。女侍者们在一起聊天时曾提起一件很特别的事，正好被我听到了："旧书店老板娘看着很体面，身上却满是伤痕，只是平时被衣服遮挡着。很明显，她经常被打，身上才会有那些伤痕。可她和她老公好像很恩爱，这太奇怪了。"另外一个女侍者不由得插了句话："旁边那家荞麦面店的老板娘身上也常有伤痕，看起来像被打过。"那时候，我并未细想这种谣言真正的含义，最多觉得做丈夫的心狠手辣。然而，这件事并不这么简单。其看似微不足道，却跟那件大事有着密切关联，这是我之后才领悟到的。

说回正题，我一直盯着旧书店，盯了差不多半小时。我时刻都不敢放松，感觉一旦移开视线，就会有意想不到的事情发生，可能这就是预感吧。这时候，之前提过的明智小五郎刚好从窗户外面走过。他身穿他最喜欢的宽条纹浴衣，大幅度晃动着自己的肩膀，我马上就把他认出来了。他看到我在咖啡店，冲我点点头，进来坐到我身旁，点了杯冰咖啡。留意到我正盯着某个地方不放，他也循着我的视线朝对面那家旧书店看去。跟我一样，他对此也很感兴趣，看得目不转睛，这让我很意外。

我俩一边注视着相同的目标，一边闲聊，很有默契。我已忘了我们闲聊的内容，在此就不细说了，反正跟这个故事一点关系都没有。我只隐约记得我们谈到了犯罪、侦探，部分对话如下：

明智说："完全没有破绽的犯罪真的存在吗？我觉得有可能存在。就说谷崎润一郎[1]的《途上》吧，从理论上说，其中用到的犯罪手法就没有任何破绽，不是吗？尽管小说中的侦探最终成功破案，但犯罪手法依然表现了作者非同寻常的想象力！"

我说："不，我不赞同。且不说现实中的困难，从理论上说，也不存在能让侦探毫无办法的犯罪手法。只是《途上》里无所不能的侦探现在已经看不到了。"

这就是我俩闲聊的大致内容。然后，我俩一下都沉默了，因为旧书店那边出了事。

我低声说："你好像也发现了。"

他马上说："多半是偷书的吧？可自打我来到这里，已经发现了四个小

---

[1] 谷崎润一郎（1886—1965），日本著名作家，代表作《细雪》《春琴抄》等。——译注

偷，真是奇怪。”

“的确如此，你来了不到半个小时，就出现了四个小偷。你没过来时，我就发现了这种情况，应该是差不多一个小时以前的事了。看到那扇纸门了吗？纸门关闭后，我的视线就没挪开过。”

“你看见书店老板出来过吗？”

“关键就在这里，纸门好像没打开过，所以后门应该是出来唯一的通道。反常的是，半小时都不见有人出来照看书店。不如我们过去瞧瞧吧。”

“好，即使内间没有出事，书店老板也可能在外面遇到了什么意外。”

我有种模糊的感觉，如果有人犯罪，整件事可能会更加令人兴奋。我俩从咖啡店出去。我从未见到明智如此亢奋，他可能怀着跟我相同的念头。

旧书店的地面是泥土的，三面墙下摆满了高度直逼天花板的特制书架，跟普通的旧书店没什么两样。书架旁整整齐齐摆放着几张台子，有书架一半那么高，方便往书架上放书。店中央摆着一张长方形桌子，桌子上堆满了书，宛如一座小小的岛屿。桌子正对着的书架右边是通道，宽约一米，通向纸门背后的内间。纸门前面摆了半张榻榻米，老板夫妇平日里照看店面时就坐在这里。

我和明智走到榻榻米旁叫了几声，声音尽量拔高。不过，店老板也许真出去了，没人应声。我们微微用力拉纸门，拉开了一条缝。外面的灯光照进内间，我们看到漆黑的内间墙角似乎有个黑影正伏在地上。我后背一凉，只觉毛骨悚然。我俩又叫了几声，还是没人应。

“没事，进去瞧瞧！”

我俩很快走进去。明智开了天花板上的灯。我俩在灯光点亮的刹那，一起吃惊地大叫起来，只见墙角横卧着一个死去的女人。

“老板娘？她好像被人掐死了。”我用一种像从嗓子眼里硬挤出来的声音说。

明智过去检查尸体，说：“马上报警，好像已经死了。我去用公用电话报警，你留在这里保护现场，不要让附近的人发现这里死了人。要是案发现场被破坏了，调查工作会更加困难。”说完这些既像命令又像嘱咐的话，他立即快步奔向距离此处五十多米的公用电话亭。

其实，我也是第一次遇到这种凶杀案。别看犯罪、侦探之类的专业术语我平日张口即来，到真遇到这种事时，我才发觉自己只会动动嘴皮子。除了待在案发现场出神，我什么忙都帮不上，也完全不知道该做些什么。

内间没有隔断，面积大约为十平方米。右后侧有一条走廊，宽度只有两米左右，很狭窄。走廊外侧是用木板围成的院子，面积六七平方米，院子中央是卫生间。我能清楚看到屋后的情况，因为拉门在夏天都是开着的。内间左半部分宽阔处装了一扇推拉纸门，纸门是关着的，高度大约能达到人的腰。后面是铺了木地板的洗衣房，大约三平方米。右边是四扇纸门，全都关着。后面是楼梯，通向二楼的储物间。普通的长屋[1]大致都是这样的格局。

死去的人头冲着店面，躺在左边的墙下。我尽可能与之保持距离，除了因为不想破坏现场，也因为我觉得很恶心。不过，我再不愿直视尸体，在这异常狭窄的房间里，还是经常不经意朝尸体那边看过去。老板娘基本是仰面躺在那儿，身上式样简洁的浴衣卷在膝盖上面，露出大腿，生前好像并未做出特殊的反抗。我根据她颈上发紫的伤痕推测她是被人掐死的，但并不十分确定。

木屐在地上敲打的啪嗒声、人们的高谈阔论声、醉汉唱流行歌曲走调的歌声，隐约从外边的街上传来。照旧是人来人往，一派繁荣安定的景象。可就在这扇纸门里，有个女人倒卧在地，被人杀害。这样的情景简直太讽刺了。突然，我觉得很悲哀，站在原地不知所措。

[1] 日本一种狭长的传统住宅，由多座住宅连接而成。——译注

“警察说马上就到。”明智回来了，气喘吁吁地说。

“嗯。”我已经没有力气讲话了。

我们两个都缄默不语，直到警察赶过来。

一个穿着制服的警察和一个穿着西装的男人很快赶来。我之后了解到，前者是K警署的司法主任，后者多半是K警署的法医——这是我通过他的外表和所带的工具判断出来的。

我和明智把基本情况说给司法主任听。我最后还做了补充：“我在明智先生到咖啡店时，不经意看了看手表，大约是八点半，这意味着纸门关闭应该是八点钟前后。当时房间里肯定还有人，因为我记得很清楚，房间的灯是亮着的。”

司法主任一边听一边做记录。

趁着这段时间，法医在一旁检验尸体。我俩说完后，法医紧接着说：“死者是被掐死的。看这儿，紫色的是手指掐出来的瘀痕，出血处是被指甲抓破的。凶手用的是右手，因为留下的大拇指印在死者脖子右边。死者应该是在不到一小时前遇害的，跟这位先生的说法吻合。真可惜，死者救不活了。”

司法主任沉吟道：“凶手是从上面压住了死者，对吗？可是这里看不出一点反抗的痕迹……可能是因为凶手动作很快，力气又很大。”

他转身向我们打听店老板，可我们根本不认识店老板。明智立即去找旁边那家钟表店的老板过来帮忙。

司法主任和钟表店老板进行了这样一番对话。

“你知不知道书店老板在什么地方？”

“每晚他都会到夜市上摆摊卖旧书，一般要等十二点以后才会回来。”

“他的摊子具体在什么地方？”

“上野的广小路。可我真不知道他今天晚上具体在什么地方摆摊。”

“一个多小时前，你有没有听到怪声？”

“什么怪声？”

“真是多此一问，当然是女人遇害时的喊叫声、打斗声之类……”

“我没听到。”

警察做着简单的询问。在此期间，住在周围的人和好奇的过路人纷纷赶来，将旧书店团团包围。旁边的鞋袜店老板娘也说，案件发生时她同样没听到任何怪声，证明钟表店老板所言非虚。

邻居们好像达成了共识，要派代表去把旧书店老板找回来。

刹车声从外面传来，一批人拥进书店。之后，我了解到这些人是收到警署的紧急通知后赶来的法院工作人员、警署署长、著名侦探小林刑警等人。这起案件的很多内情，我都是从一位做司法记者的朋友那里得到的，他认识此案的负责人小林刑警。这批人拥进来后，先到案发现场的司法主任把大致情况告诉了他们。我和明智等人不得不复述了我们的证词。

“把门关起来！”一个男人忽然大声说，立即关上了门。他打扮得像企业底层员工，穿着黑色羊驼呢上衣和白色长裤，他便是小林刑警。他把凑热闹的人都赶走了，旋即开始调查。他完全是单枪匹马作战，对检察官、警署署长视若无睹。所有人都变成了观众，观看他高效的行动。

首先，他开始检验尸体，特别是尸体的脖子。他对检察官简单解释说：“手指印并无显著特征。现在我们唯一能找到的线索是，凶手作案时用的是右手。”

随后，他脱掉了死者身上的衣服。小林刑警验尸有何重要发现，我并不清楚，因为我们被警方赶出了内间，理由是调查不能对外公开。可我觉得应该跟咖啡店女侍者口中死者的伤痕有关。

我们待在纸门旁边的榻榻米上，不断透过门缝向内间偷窥。虽然警方已经开完了机密会议，但还是不允许我们进去。我们也不能离开案发现场，因为我们最早发现了这起案件，且警察尚未采集明智的指纹。我们的这种处境更像是被拘禁了。

小林刑警搜查的范围很大，在内间和外间来回走动。他的调查进展如何，被拘禁在角落里的我们并不了解。检察官一直待在内间，小林刑警往来于内间和外间，向检察官汇报他发现的线索。我们由此了解了一些调查结果。根据小林刑警的汇报，检察官开始整理调查报告。

小林刑警对死者所在的内间做了认真搜查，并未发现凶手留下的任何东西或是脚印，能帮助后续调查。唯一的例外是这样一个发现。

小林刑警把指纹粉撒到黑色硬橡胶做成的电灯开关上，说："发现了指纹。根据已知的线索，最后一定是凶手关了灯。刚刚开灯的是谁？"

明智说是他。

"这样啊，那我们稍后需要采集你的指纹。直接拆掉开关带走，不能再让人触碰开关了。"

小林刑警上了二楼，过了很久才下来，又带上手电筒去房子后面的小巷搜查。

大约十分钟后，小林刑警回来了，带着一个男人。此人大约四十多岁，浑身脏兮兮的，穿一件脏了的绉绸衬衫和墨鱼色长裤。

"小巷里没有任何有用的线索。"小林刑警汇报，"可能是因为很难晒到太阳，后门外是一片泥地，木屐印随处可见，哪些是刚刚留下的，哪些是过去留下的，很难分辨。只有这个男人，"他指着自己带来的男人，"他在后门小巷拐角的地方卖冰激凌。如果凶手是从后门逃走的，只能走这条小巷，这个男人一定会看到。哎，你把刚才跟我说的话再说一遍。"

冰激凌小贩和小林刑警的对话如下。

"有没有人在今天晚上大约八点钟出入小巷？"

"没有。太阳落山后，我连一只猫都没瞧见。"沉着、谨慎的小贩没什么废话，"我在小巷拐角做了好几年生意。就算是长屋那些店铺的老板娘，到了晚上也很少到小巷去。小巷的道路坑坑洼洼不说，夜里还黑漆漆的。"

"去你那里买冰激凌的客人也不从小巷经过？"

"不。我很确定，所有客人都是在我那里吃完冰激凌，然后从原路回去的。”

如果他的话是真的，那么凶手离开案发现场时，就算走的是后门，也没有经过小巷，但小巷却是从后门出去仅有的一条路。不过，凶手也没有走前门，我们一直在白梅轩咖啡店，可以证明这一点。这就怪了，凶手到底是怎么逃离案发现场的？

小林刑警推测凶手可能藏在甚至住在小巷两边的长屋中。凶手自然也可能是从二楼的房顶上逃跑的，但经过仔细搜查，基本排除了这种可能性：二楼前边窗户上的防盗铁栏杆完好无损，后边的窗户虽然开着，但其余各家的窗户大多也都开着，因为天气太热，还有人在阳台上纳凉。

调查小组改变了方向，决定对住在附近的人逐一进行盘问。这并未花费多少时间，长屋不过只有十一户人家。调查小组又把旧书店搜查了一遍，这次搜查得更加细致，从天花板到地板各处都没落下。

可惜详细调查非但没有新发现，反而让案情更加扑朔迷离。调查小组获悉，太阳落山后，旁边一家糕点店的老板就到房顶的晾衣台上吹尺八箫[1]，他对面便是旧书店二楼的窗户。

这件事越来越有意思了。凶手是如何出入旧书店的？后门、二楼窗户、正门，全都被排除了。难道打从一开始就没有凶手，抑或是凶手作案后像水蒸气一样蒸发不见了？真是诡异。

案发当晚，小林刑警还带着店里的两个学生去见检察官。两个学生的口供让案情变得更加复杂。

一个学生这样告诉检察官：“大约八点钟，我刚好在旧书店，正在翻看书架上的杂志。很快，我隐约听到有声音从内间传出来。我下意识抬起头，朝纸门看了看。透过关闭的纸门上的格子缝隙，我看到门后站着一个男人，

[1] 中国古代传入日本的一种乐器。——译注

男人在我抬头的刹那拉上了格子。我只能根据腰带的款式断定那是个男人，具体情况我就不知道了。”

“你除了发现那是个男人外，有没有留意到身高、衣服花纹之类的小细节？”

“我不确定他的身高，只看见了他腰以下的部位。至于衣服，在我的印象中，他穿的是黑色和服，我没有看到任何花纹，但上面可能有很细的线状或点状花纹。”

另外一个学生说：“当时，我和我这个朋友一块儿看书。听到声音，我也是同样的反应，抬头看纸门，正好看见门上的格子拉拢。我能肯定，那个男人穿着白色和服，纯白色，看不到任何花纹。”

“真是匪夷所思，你们俩肯定有一个弄错了，对不对？”

“我肯定没弄错。”

“我说的也都是真的。”

敏感的读者可能已开始怀疑，两个学生一起看到了那件和服，却得到了完全相反的印象，到底是怎么一回事？我也留意到了这点。可无论检察官还是警察，好像都没有深究此事。

死者的老公——旧书店老板很快收到消息赶回来。跟普通的旧书店老板不同，他还很年轻，长得很瘦弱。也许是懦弱的天性使然，看见死去的妻子，他泪如雨下，却没哭出声来。

等他平静下来后，小林刑警才开始审问他，旁边的检察官也不时提出问题。可是老板完全想不出谁会杀害妻子，这让小林刑警和检察官很失望。

老板说：“我们从没做过什么事会跟人结仇，我可以保证！”他说完又哭起来。

此后，根据各项调查结果的汇总，警方断定此案的凶手不是盗贼。在对老板的过去、老板娘的背景等做过彻底的调查后，警方也没发现任何可疑之处。这些我就不详述了，毕竟跟这个故事关系不大。

刑警后来问老板，死者身上为什么会伤痕累累。老板迟疑再三，终于说是他所为。刑警问他为什么要这样做。再三追问之下，老板还是不肯明言。刑警没有继续问下去，即便老板虐待妻子留下了这些伤痕，他也不可能是杀人凶手，因为案发当晚他一直在外面摆摊。

这天晚上的调查到此为止。应刑警的要求，我和明智留下了住址、姓名之类的资料，明智还留下了指纹。凌晨一点多，我们才回家。

这桩杀人案已经查不下去了，除非警方能找出搜查时忽视的线索或哪位证人撒了谎。我听说小林刑警之后一直待在案发现场搜查，直到第二天早上。可是他得到的有用线索仅限于案发当晚那些，没有任何新发现。证人全都很可靠，长屋的十一户人家也没有任何可疑人士。警方还去死者的故乡调查过，也一无所获。被称为著名侦探的小林刑警为此案竭尽所能，依然没能理出头绪。其后我听说小林刑警特意拆走的吊灯开关，也是仅有的证物上只有一个人的指纹，即明智。警方推测，当时明智可能太惊慌失措了，在开关上留下了很多指纹，遮盖了凶手的指纹。

大家也许会由这个故事联想到爱伦 · 坡的《莫格街凶杀案》、柯南·道尔的《斑点带子》。我的意思是，大家也许会猜测这个案子的凶手是红毛猩猩、印度毒蛇这类奇怪的生物，而非人类。我也产生过这样的怀疑。可是要说东京 D 坂会存在这种生物，真叫人难以置信。况且有证人证明，曾有一个男人出现在纸门的格子缝隙中，不是吗？就算此事是人猿所为，也一定会留下醒目的标志。而死者颈上的指印表明，凶手是人。蛇无法留下这种指印，虽然蛇的确能把人勒死。

案发当天夜里，我跟明智一起回家，路上兴致勃勃谈了很多。比如我们之间有这样的对话。

明智说："萝丝·德拉卡特凶杀案[1]你应该知道吧！此后，爱伦·坡的《莫格街凶杀案》和卡斯顿·勒鲁[2]的《黄色房间的秘密》都取材于这起凶杀案。这个案子这么离奇，到了一个世纪以后的今天，还是有很多未解之谜。在老板娘被杀案中，凶手同样来去无踪，我由此想到了离奇的萝丝·德拉卡特凶杀案。这两个案子在这一点上非常相似，不是吗？"

"的确，太不可思议了。曾有人说外国侦探小说里那种密室杀人案绝不会发生在日式房子里，我可不这么认为。瞧，这个案子不就是一个很好的例子吗？我真想亲手查出案件的真相，可惜我并无把握。"

一路上，我们就这样聊着天。后来走到一条陌生的小巷前，我们分了手。明智拐进小巷后，背对着我大幅晃动着肩膀往前走。黑夜中，他的条纹浴衣看起来如此醒目，这一幕深深印在了我脑海中。

[1] 19世纪发生在巴黎的一起密室杀人案，死者是一个名叫萝丝·德拉卡特的年轻女子。直到现在，此案仍未告破。——译注

[2] 卡斯顿·勒鲁（1868—1927），法国著名作家，擅长写爱情悬疑小说，著名音乐剧《歌剧魅影》便改编自他的同名爱情小说。——译注

推理　下

过了十天，我登门拜访明智小五郎。通过我和他在案发当日的对话，大家能明白我和他对这起凶杀案的感受。

我和明智过去见面基本都是在咖啡店，我还是第一次登门拜访他。我有他家的详细地址，但还是花了很多时间才找到。这是一家烟草店，跟他的描述一模一样。我在店门口问老板娘，明智在不在。

“哦，他在，我去叫他过来，你在这儿稍等。”说完这话，老板娘转过身去，几步走到柜台后边的楼梯下，高声叫明智的名字。

明智最近租住在这家烟草店的二楼。他听到老板娘的叫声，飞奔下楼，将楼梯踩踏得咯吱作响，同时满口答应着，发出一阵怪叫。

看见是我，他显得很意外，赶紧说：“嗨，跟我来！”

我马上跟他上了二楼，进入他的房间。我看着眼前的一切大吃一惊，叫出声来：“啊！”

这真是个奇怪的房间。我知道明智很古怪，却没想到他的房间会这么反常。其实这里跟正常的房间也没有太大差距。房间只有大约七平方米，除了中间的小片地板空着，其余地板上全都是书。四面墙和纸门旁边都堆满了书，差不多顶到了天花板。除了书，房间里什么都没有，甚至没有日常用具。他晚上怎么休息呢？我一头雾水。我们这一主一宾也没有地方落座，不小心轻轻一碰，书堆成的大堤就会崩溃，涌出书的洪水。

“这地方太小，连坐垫都没有。你瞧瞧哪本书比较软，就拿来当坐垫吧。实在不好意思。”

我从层峦叠嶂的书山中穿过，克服重重困难，终于找到一个墙角能勉强落座。我呆呆看着周围的一切，还是觉得很惊愕。

我有必要简单介绍一下一手打造出这个怪房间的明智小五郎。事实上，我最近才认识他，对他的过去、工作、理想之类一无所知。我能够确定的是，他没有固定的工作。他也许能算作书生，却是个非常特殊的书生。他说过这样一句话：“人类就是我研究的对象！”我听到这句话时，只觉摸不着头脑。除此之外，我还知道对于犯罪、侦探，他有着极为浓厚的兴趣，储备了极为丰富的知识。

明智的年纪不会超过二十五岁，跟我差不多。他长得比较瘦，走路总喜欢晃动肩膀，这点之前提过了。这一奇怪的走路姿势跟那些英雄人物没有半点相似之处，倒是像神田伯龙，那个一只手有缺陷的说书人。无论容貌还是声音，明智都跟伯龙如出一辙。大家若不知道伯龙长什么样，只需想象这样一个男人：他不算英俊，却让人觉得很亲切，看起来又非常有智慧。可是明智留着一头乱糟糟的长发，还习惯于一边跟人交谈，一边乱抓头发。他也不在乎穿什么衣服，总是穿一身棉布和服，绑一条皱巴巴的腰带。

“你来得正是时候，我们从那件事过后就没再见过了。D坂杀人案之后怎么样了，警察好像一直没找到凶手，是吗？”明智挠挠头，转动眼珠看着我。

我不知该说什么好，艰难地说：“其实我就是为了跟你说这件事才过来的。我把这件事方方面面都考虑了一遍，还去现场侦查过，就像侦探一样。最终得出了结论，特意过来告诉你……”

“啊？你真了不起，可以详细说说你的结论吗？”

他眼睛里迅速闪过一道洞悉一切、高高在上的光，被我发现了。

受此刺激，我抛开原先的犹豫与不安，继续说道：“我有位记者朋友认识这个案件的负责人小林刑警。我从这个朋友口中打听到了警方调查的进展。警方一直在努力，从各种角度做了各种调查，始终没有找到有用的线索，无法确定调查的方向。就说那个电灯开关吧，开关上除了你的指纹，找不到其他指纹。在我看来，把这当成重要的线索只会误导调查的方向。警方很确定，凶手的指纹被你的指纹盖住了。我见警方这么头疼，越发兴致勃勃地想要侦破这起案件。你知不知道我有何发现，又为何先要来找你，而不是去跟警方说明我的推测？

"我们先不说这些。我从案发当日就开始注意一件事。谈到嫌犯的衣服颜色时，两个学生提供了黑色和白色这两种截然相反的证词，你应该还有印象。黑色和白色的对比如此鲜明，还能被混淆，简直太难以置信了。人类的双眼再不值得信任，也不会这样吧。警方对此作何解释，我不了解，可我觉得两个学生都没说谎。你明白我在说什么吗？这表明嫌犯身穿黑白条纹相间的衣服，也可能是在一般旅店都能租到的浴衣。两个学生看到纸门背后的男人时，男人浴衣上的条纹刚好被纸门的格子遮挡了一部分。于是，一个学生从自己的角度只看到了黑色的部分，另一个学生从自己的角度只看到了白色的部分，这就是为什么他们会提供完全相反的证词。尽管非常罕见，但这种偶然并不是不可能。这应该是对此事最合理的解释。

"好了，经过推测，我们了解了嫌犯所穿的衣服，但依旧无法确定谁是嫌犯，只能缩小范围。根据电灯开关上留下的指纹，我推测出了第二个结论。在那位记者朋友的帮助下，我得到小林刑警的允许，对开关上的指纹即你的指纹做了细致的研究，由此更加确定了自己的结论。哦，我想借用一下砚台，你这里有吗？"

我准备做个实验。实验很简单，先用砚台在右手大拇指上抹上墨水，再拿出一张白纸，将指纹印在白纸上。墨迹干了以后，将白纸调转方向，用右手大拇指在原先的指纹上用力按下一个新的指纹。如此一来，白纸上就清楚显现出了两枚交叠在一起的指纹。

“警方断定，之所以找不到嫌犯的指纹，是因为嫌犯的指纹被你的指纹覆盖了。可是做完这个实验后，我们发现这个结论根本不成立。指纹是由一条条线构成的，这些线不会被后来覆盖的线完全遮掩，按下后者时再用力都是如此。两个指纹完全重合只有一种可能，两个指纹本身和位置一模一样。可这种可能真的成立吗？即使成立，我的结论依旧是正确的。

“可若是嫌犯关上了灯，理应在开关上留下指纹。先前我推测警察可能忽略了你的指纹覆盖下嫌犯的指纹，可我根本没在我借来的开关上找到这种痕迹，真是出乎我的意料。即从头到尾，开关上都只有你一个人的指纹。我不明白旧书店老板一家为何没在上面留下指纹，可能是因为那盏灯一直没关上过。

“你对我这些结论有何评价？我推测有个穿着宽条纹和服的男人听说旧书店老板总在固定时间去夜市摆摊，就趁机对老板娘下手。这个男人跟被害的老板娘很可能是认识的，至于为何要对她下手，多半是感情纠葛吧。这一男一女关系亲密，因此，凶案发生时没有传出任何声音，也没有留下反抗的痕迹。男人得手离开时关上了灯，想推迟尸体被发现的时间。可男人犯下了大错。一开始，他没发现纸门没关上，被旧书店的两个学生看见了。稍后发现时，他匆忙关上纸门，却已于事无补。从旧书店出去后，他猛地想起关灯时在开关上留下了指纹，急于想擦掉。可原路返回风险太大，他便想到伪装成第一个发现凶案的人，那他在开关上留下指纹就没人会怀疑了。此举还有一个效果，就是警方和其余人都不会怀疑第一个发现凶案的就是凶手。其后，他留在现场，镇定自若地看着警方侦查，还提供了证词，真是胆大妄为。案件发生了五天、十天后，他依旧安然无恙，一如他之前的预想。”

明智小五郎听到我这样说会怎么想，我不清楚。我原先猜测他会变脸色，打断我，为自己辩驳。结果他却一脸冷漠，这让我十分困惑。虽然他平日里喜怒不形于色，但是在这种指控下，他还若无其事，只偶尔挠挠那一头乱发，也太奇怪了。

我觉得他真是厚颜无耻，但还是耐心说完了我的推测：“可能你会提出反驳，凶手到底是怎么出入旧书店的？确实如此，就算其余问题都解决了，只留下这个问题，也无法破案。可我已经解决了这个问题。当晚好像没有侦查到任何凶手离开案发现场时留下的痕迹。可这在已知发生凶案的前提下，是不可能成立的，所以警方搜查时肯定忽视了某个地方。当然，警察在搜查中已倾尽全力，可跟我这个书生相比，他们的智慧还是要逊色一些。

“这件事说起来平平无奇。我推测住在那一带的人经过警方的仔细盘问，都被排除了涉案的可能性。这说明凶手离开案发现场时绝不会被人发现，或是被人发现也不会被怀疑，即凶手借用了人类注意力的盲点。人的注意力跟视觉一样，也存在盲点。借助视觉盲点，魔术师能在众目睽睽下让庞大的东西消失，让自己隐身。就这样，我留意到了荞麦面店旭屋，它与旧书店只隔着一家店。”

旧书店右边紧邻钟表店，然后是糕点店。旧书店左边紧邻鞋袜店，然后是荞麦面店。

“我亲自去那里问过店老板，案发当晚大约八点钟，有没有一个男人借用店里的厕所。从旭屋出来有一条小道，直接通往后边的木门，厕所就在木门旁边，这你应该知道。凶手只需假装去厕所，就能溜出后边的木门，到旧书店行凶，然后原路返回，好像什么事都没发生过。在小巷拐角处卖冰激凌的小贩自然不会看到有人从那里出去。借用荞麦面店的厕所本身再寻常不过，而且我查到案发当晚荞麦面店只有老板看店，老板娘出去了。要执行杀人计划，当晚确实是最好的时机。哎，这个计划简直一点破绽都没有，你认为呢？

“如我所料，旭屋老板告诉我，有个客人在那段时间借用过厕所。可惜那个男人相貌如何、穿着什么花纹的衣服，店老板一点印象都没有。我马上让我的记者朋友向小林刑警说明了这一情况，但在亲自去荞麦面店调查过后，小林刑警还是没能找到什么线索——”

我想给明智一个解释的机会，就停顿了一下。站在他的角度，到了这时候，必须要帮自己辩解才行。结果他还是挠着一头乱发坐在那儿，心安理得，毫无反应。

眼见旁敲侧击不管用，我只好直截了当地逼问道：“哎，明智，我在说些什么，想必你很清楚吧？证据确凿无疑，且全都对你不利。说句老实话，看到这些确凿无疑的证据，我虽然不想怀疑你，也只能认同……我还到长屋四处打听过有没有哪位男住户爱穿黑白宽条纹的浴衣，生怕误会了你，结果发现根本没有这样的住户。我已预料到会是这样的结果，像纸门格子缝隙那么宽的条纹太夸张了，很少有人喜欢。而且指纹和借厕所的计策如此巧妙，能想出这么完美的犯罪计划的人，应该只有你这种对犯罪深有研究的人。除此之外，作为老板娘童年时期的朋友，你却在案发当晚调查老板娘的背景时保持缄默，这种反常的表现相当耐人寻味。

“行啦，现在除了不在场证据，你已无法帮自己辩解了。可你想借不在场证据证明自己的清白，也是不可能的。案发当晚，我们一起回家，途中我曾问你到白梅轩之前身在何处，你还有印象吗？你是不是跟我说过，在那之前大约一个小时，你一直在附近散步？即便你有证人，但你在散步期间借用荞麦面店的厕所，同样不会惹人怀疑。明智，一切都跟我推测的一样，是不是？轮到你提出反驳了。”

大家能猜到古怪的明智小五郎会怎样应对这种气势汹汹的逼问吗？大家可能会觉得他会表现得羞惭至极吧？我来这里之前想过种种可能，却没想到他会突然放声大笑，笑得停不下来，搞得我完全不知所措。

明智像在为自己分辩：“哦，抱歉，我无意笑话你，可是你说话时这么一本正经，我看着你的表情，就忍不住要……你的推理非常有意思，我很高兴能跟你做朋友。可惜你的推理太肤浅、粗糙了。比如你提到老板娘是我小时候的朋友，可我跟她到底是什么关系，你调查过吗？我以前真的跟她相爱过，以至于现在还对她心怀怨憎吗？你不能仅凭推理就确定这些细节问题。案发当晚，我之所以隐瞒自己跟她相识的事，理由非常简单，因为我无法给警方任何有用的线索，我对她的了解十分有限。进入小学后，我再未跟她见过面。最近才偶然听说，我小时候曾跟她一起玩耍过。最近，我跟她聊过天，但加起来也不过两三次。”

“那你如何解释指纹的事？”

“难道你觉得案发后我什么都没做过吗？我同样做了很多调查，常常从早到晚都待在D坂。特别是我去过旧书店很多次，差不多每天都在跟店老板纠缠。在他面前，我直言我跟他妻子早就认识了。我竟由此得到机会，对此案展开了深入的调查。你从你的记者朋友那里打听警方的调查进展，我也从旧书店老板处得到了很多线索。没过多久，我知道了指纹那件事，同样感到很不可思议，便开始调查此事。哈哈哈哈！调查结果让我完全意想不到，且很滑稽。电灯灭了，不是有人故意关上的，而是电灯钨丝烧断了。后来我按下开关，电灯又亮了，实际上却是混乱中电灯晃动起来，把烧断的钨丝又接起来了。如此一来，开关上肯定只有我一个人的指纹。你曾说案发当晚你看到有灯光从纸门的格子缝隙里透出来，说明电灯钨丝是之后烧断的，我们经常能见到老旧的电灯忽然灭掉。至于凶手的衣服颜色，我来解释倒不如……”

他猛然转身，从身后那堆书中找出一本陈旧的外语书，说：“你有没有看过这本书？芒斯特伯格[1]的《心理学与犯罪》，其中一章的标题是‘错觉’，你看看最前面那十行！”

我听到他强有力的辩驳，逐渐醒悟到我的推理站不住脚，就顺从地接过他手里的书开始阅读。其大致内容是这样的：

---

[1] 雨果·芒斯特伯格（1863—1916），德国心理学家。——译注

这是以前发生的一起汽车罪案。法庭中有两个证人，都宣誓绝不说谎。一个证人表示，案发时道路十分干燥，尘土翻滚，另外一个证人却发誓说，路上满是泥泞，因为刚刚下了一场雨；一个证人说，案发时汽车走得很慢，另外一个证人却说，汽车正在疾驰，速度快得惊人；一个证人说，案发时路上不过两三个人，另外一个证人却说，案发时路上男男女女、老老少少有很多人。两位证人都是绅士，受人敬重，且他们不会因做伪证得到任何利益。

明智等我看完后，翻到另外一章："这件事是真实发生过的。你再看看这一章，题目是'证人记忆'，其中提到一个刚好也涉及衣服颜色的设计实验。你可能有些烦躁，不过，我还是希望你能耐心读一读。"

这一部分内容如下：

（前略）这里简单举个例子。前年（本书出版于1911年），哥廷根召开了一次学术研讨会，与会者包括法律、心理学和物理三个领域的专家，这些专家在各自的专业中都是出了名的严谨。研讨会开始后，气氛相当热烈，不逊于嘉年华。就在这时，一个穿着五彩斑斓服装的小丑突然撞开会议厅大门，发了疯一样闯进来。定睛细看，有个黑人正在追他，手里还拿着枪。在会议厅中央处，俩人停下来，互相恐吓咒骂。忽然之间，小丑倒在地上，黑人立即跳到他身上，手里的枪发出"砰"一声巨响。随后，俩人匆匆逃走，迅如闪电。从他们进来到出去，总共持续了不足十秒钟。会议厅里的人自然都非常惊讶。其实黑人、小丑所有的动作都是事先排练好的，会议厅还有人负责拍照，但在场诸人对此一无所知，只有这次研讨会的主席除外。主席提议大家原原本本记下刚才的见闻，因为以后大家也许要出庭做证。主席说这些话时，并未露出半

> 点破绽。（中略，随后是与会者记下的内容，其中出现了很多错误，还有相应的统计百分比。）四十个人中只有四个正确记下黑人并未戴帽子，其余人的记录五花八门，包括黑人戴了高帽，黑人戴了丝绸绅士帽，等等。至于黑人穿的衣服，有人说是红色，有人说是棕色，有人说带条纹，关于条纹的颜色也有咖啡色等多种颜色。其实黑人穿的是白色长裤、黑色上衣，系着一条宽大的红色领带，仅此而已。（后略）

明智说："人类的观察力和记忆一点都不可信，充满智慧的芒斯特伯格如是说。这个案例中都是有头脑的专家，连他们也记不住衣服的颜色。在我看来，案发当晚的两个学生记错衣服的颜色很正常。他们看到了谁，我不清楚，可那人穿的衣服多半没有条纹，我自然也不是凶手。可你的思维的确很有意思，从纸门的格子联想到了条纹。不过，这实在太巧合了，更务实的做法是相信我是无辜的，而不是相信这种巧合。好啦，在去荞麦面店借厕所的事情上，我跟你有相同的推测。原先我相信这是凶手唯一的逃跑方法，但我最终得出的结论却跟你截然相反。这是我到现场考察后的结果。我相信根本没有男人去借过厕所。"

大家可能已经发现了，明智否认了凶手的指纹和逃跑路线，还试着找寻证据证明自己的无辜，他在推翻我把他当成凶手的推理。这样做会不会把曾发生过凶案这一点都推翻了？他究竟想做什么，我一头雾水。

"既然这样，你已经推测出真凶了？"

"这是自然的。"他又挠挠自己的乱发，说，"我的做法有所不同。解释方式不同，由表面物证推导出的结论也就不同。能从心理上看清人类内心的侦探才是最出色的侦探。侦探的个人才能决定了他们能否做到这件难度相当高的事。简而言之，心理是我研究这起凶杀案的重中之重。

"我最开始关注的是旧书店老板娘身上的累累伤痕。随后，我偶然听说荞麦面店老板娘身上同样伤痕累累，你对此应该也有所耳闻。然而，她俩的丈夫完全不像暴力狂，旧书店老板和荞麦面店老板看上去都稳重、正直，所以我只能怀疑有什么不能公开的秘密藏在他们心底。我想先从旧书店老板嘴里打探出相关的秘密，便整天缠住他不放。这不算困难，毕竟我认识他的亡妻，他对我并不那么戒备。反观荞麦面店老板，却对我很警惕，让我很意外。我费尽心机调查他的秘密，最后借助一种不为人知的手段，达成了我的目标。

“你应该知道，现在犯罪学也开始运用心理学的自由联想法，测试嫌犯对大量常见单词的联想。心理学专家采用这种方法时，很擅长用一些带刺激性的单词，比如狗、家庭、河流等。除了这些，测试还要包括其他内容，而且未必要用到精密的计时器。这类硬性规定对成功掌握自由联想法之精华的人来说是多此一举。这种例子在历史上比比皆是，有些著名的法官或侦探都活在心理学不发达的时代，却在无意中应用了心理学的这种方法，这要归功于他们自己的天分。其中之一便是大冈忠相[1]。以小说为例，爱伦·坡的《莫格街凶杀案》开篇就提到杜宾能根据朋友无意之间的举动推测其内心，这是一种非凡的才能。通过模仿爱伦·坡，柯南·道尔创作了短篇小说《住院的病人》，其中同样安排福尔摩斯做了这类推理。从某种程度上说，上述推理全都采用了自由联想法。心理学专家设计了各种测试的标准，针对的只是普通人，这些人的观察力都很匮乏。我好像偏离了正题，简而言之，我在试探荞麦面店老板时，采用了我那套自由联想法。首先，我跟他聊了很多杂七杂八的话题，得到他的回答后，开始以此为依据揣测他的内心。这种心理探究相当敏感，错综复杂。我另外再找个日子跟你详细探讨。简而言之，我得出了一个可靠的结论，也就是我找出了谁才是真凶。

“可我无法报警抓那个人，因为没有实实在在的证据。就算报警，只

[1] 大冈忠相（1677—1752），日本江户时代中期的名臣，擅长断案。——译注

怕警察也不会理睬。何况还有一点，我并不觉得这个案子中有任何罪恶。这样说你可能会一头雾水，可凶手在杀害死者时，他们俩人对此都没有异议。不仅如此，也许这正是死者期待的。”

明智在说些什么呢？我怎么想都想不明白。我专注地听着这种让我一句话都说不出来的推理，却完全没有任何失败的羞耻感。

“我的结论是旭屋老板就是真凶。为隐瞒自己的罪行，他撒谎说曾有男人借用店里的厕所。他原本没想过要这样做，可我们俩给了他那么多暗示和刺激，他脑海中闪过一道灵光，想到可以撒这个谎。我们俩都问他有没有见过这样一个男人，其实就相当于教他撒谎。除此之外还有一个重要原因，就是他误会我们跟警察是一伙的。而他为什么要杀人……我通过这件事清楚了解到一点，外表平静，内在却汹涌，在不为人知的幕后隐藏着出人意表的秘密，这种残酷的秘密原本只应出现于噩梦中。

“旭屋老板是个重度色情狂，在精神方面跟萨德侯爵[1]一脉相承。他发现自家旁边竟住着马索克[2]的女继承人，命运真是喜欢开玩笑。旧书店老板娘跟他有着相同的虐恋嗜好，是个受虐狂，严重程度跟他差不多。他们俩人秘密相恋，相恋的方式却很具隐蔽性。现在你能明白何谓‘俩人都没有异议的凶杀案’了吧？旧书店老板娘和旭屋老板娘身上都伤痕累累，说明先前那俩人的变态性欲都能从各自的伴侣处勉强获得满足。可他们的性欲不同于普通人，只有这种关系是不够的。所以在发现苦寻不得的最佳伴侣就在身边后，他们马上摩擦出了炽热的火花，这是很容易想象的。他们一个主动一个被动，互相配合做疯狂之事，且越来越过火。到了案发当晚，

---

[1] 萨德侯爵（1740—1814），法国情色作家，著有《索多玛 120 天》等。其作品多涉及扭曲的性欲，被称为“18 世纪的性变态百科全书”。——译注

[2] 马索克（1836—1895），奥地利作家，著有《穿貂皮衣的维纳斯》等，塑造的主角多有受虐倾向。——译注

悲剧发生了，任何人都不希望出现这种结果……”

我听完明智的结论，不禁哆嗦了一下，这太让人意想不到了。这件事……唉，真是可悲的意外啊！

一楼烟草店的老板娘来到二楼，送来了晚报。接过报纸，明智马上翻到社会新闻版，叹一口气说：“唉，他自首了，应该是心理压力太大，不堪忍受。我们正在讨论这件事，结果就看到了这篇新闻，真是世事无常。”

我看着他用手指出的地方，是荞麦面店老板投案自首的新闻，小标题下有大约十行正文。

阴兽

一

我经常在思考，推理小说家可分为两种类型：第一种权且称为罪犯型，这类小说家对犯罪兴趣浓厚，必须在推理小说中对犯人的残酷内心做一番细致的描绘，否则便不会满足；第二种不妨称为侦探型，这类小说家心理健康，对描写罪犯的心理没有兴趣，只喜欢描写推理的过程，这样才能彰显其在逻辑方面的才能。

我现在要说的故事主角名叫大江春泥，他属于第一种类型的推理小说家，至于我本人，应该属于第二种。我从事这份跟犯罪关联紧密的职业，绝不是因为我本身喜欢作恶，只是因为我非常喜欢罪案推理中包含的科学逻辑。不，准确说来，我对犯罪的敏感程度应该超越了所有人。作为一个好人，我却牵涉到这种事情中来，这完全归咎于这件事本身。我为此后悔不迭，深陷在恐惧的困惑中无法自拔。要是我在道德方面不这么敏感，或是我有少许成为恶人的特质，可能就不会出现这样的结果。不，我甚至可能已经拥有了美丽的妻子和丰厚的财产，正过着快乐的生活。

事情已经过去了一段时间，原本清晰的人和事都渐渐模糊，尽管仍怀着几分恐惧的困惑，我还是对那些记忆碎片产生了怀念之情。正因为这样，我希望把整件事写下来留作纪念。我还在考虑，以这件事为素材，能创作出一部多么有意思的小说。可即便我能写出这部小说，也不敢马上发表出去。因为大家还清楚记得，小山田作为此事的重要人物，死得那样诡异。

对人物和事件做出再大改动，都无法让读者相信小说纯属虚构。小说发表后，只怕会伤及他人，我会很惭愧很难过……不，真正的原因不是这些，而是我自己的恐惧。这件事虚无缥缈得像梦，且很难挖掘出真相，实在太恐怖了。不仅如此，我在想起这件事时会产生幻觉，同样让我非常胆怯。现在想起这件事，我的大脑还是会失去常态，像万里晴空忽然被乌云遮盖，午后雷雨将至，闪电和雷声相继出现，周围陷入黑暗。

因此，时至今日，我还是无意将这些记录对外公开。不过，将来我一定会据此创作一部我最拿手的推理小说。这些记录不过是这件事的草稿、比较翔实的记录。所以我在记下这件事时，怀着写一篇十分详细的日记的情绪，找出了一本用过的日记簿，其中大部分还是空白的，只写了几篇一月的日记。

我想在切入正题前，对这个故事的主角推理小说家大江春泥详细介绍一下，包括他的性格、写作风格、独特的生活方式。其实我一直都是借助他的作品了解他这个人，直至发生了这件事。我在现实中跟他并无交往，只通过杂志跟他辩论过。现实生活中的他是什么样的，我并不清楚。我从一个朋友本田手中得到一份资料，这是我手中唯一一份关于他的详细资料。可是直接从我连续数次从本田那里打听到的真相写起，好像也不恰当。最顺理成章的写法应该是从我被卷进这一奇怪的事件开始，按照时间顺序往下写。

这件事发生在去年秋季十月中旬，我到位于上野的帝室博物馆[1]参观古代的佛像。展厅内空荡荡的，一片昏暗，除我之外，什么人都没有，一点点声响都会引发巨大的回声。我只能小心翼翼，嗓子眼里不舒服，也不敢咳嗽。我见展厅没人，开始思考为何人们都不喜欢博物馆。陈列柜的大玻

[1] 即现在的日本东京国立博物馆。——译注

璃寒光闪烁，铺了亚麻油地毡的地板干干净净，天花板很高，如同寺庙大殿。整座房子宁静、威严，就像建在水深处。

我站在摆放着木雕菩萨的陈列柜旁，被木雕如梦似幻的动人线条深深吸引。就在这时，踮着脚尖走路时轻轻的脚步声、丝绸摩擦的窸窣声在背后响起。

我感到有人朝我走过来，不由得汗毛悚立。我凝视着玻璃，上面投射出站在我身后的女子的身影。她穿着黄八丈花纹的和服夹衣，头发梳成优雅的圆形发髻。她也注视我正在看的菩萨，她的身影刚好跟菩萨重合在一起。

我假装看木雕菩萨，实际却在偷窥这名女子，这件事说起来真是不好意思。她能赋予人无限的想象。我从未见过谁的脸像她这样白皙柔润如玉。我想要是真的有美人鱼，皮肤应该就是这样的。她长着一张瓜子脸，像那种古典的美人。她的眉毛、鼻子、嘴、脖子的曲线全那么纤细，那么柔弱，仿佛一碰即碎，一如古代小说家塑造的虚无缥缈的圣女。她长睫毛下眼神迷离如梦的双眼，直到今时今日仍叫我难以忘怀。

我忘了是谁先开口说话的，应该是我找了个理由先跟她搭讪吧。我就此处的展品跟她简单聊了几句，趁机跟她把博物馆走了个遍，然后从上野的山上下去。我们共同度过了这段不短的时间，断断续续说了不少话，我越来越觉得她仪态万千。她笑得那么羞涩，那么柔弱，如同古代油画中的圣女——带着神秘微笑的蒙娜丽莎，格外风情万种。我的感官得到了极大的满足，沉浸在其中难以自拔。每次她笑起来，嘴唇边沿就会碰到一对白而大的虎牙，构成一道神秘的弧线，对应着她右脸上的一颗黑痣，表情温柔且楚楚动人，简直无法用语言形容。

原本我只觉得她是个美人，优雅、温柔、柔弱，好像轻轻用指尖碰一下，就会烟消云散。她之所以能对我的内心产生强大的吸引力，是因为我在她脖子上发现了很多怪异的伤痕。她巧妙地用和服领子遮挡住那些伤痕，但她从上野的山上下去时，还是不小心暴露出来。她脖子上有条又细又长且肿起来的红色伤痕，长度可能达到后背，好像生来就有的红色胎记或最近才有的伤。这条又细又长且肿起来的红色伤痕像数不清的深红粗毛线缠绕而成，出现在皮肤洁白柔滑、线条优美、柔弱无骨的脖子上，形成了一种美妙又残忍的矛盾，反而生出一种诡异的性感。我先前还觉得她的美丽宛如梦境，这条伤痕却让我感受到了扑面而来的真实。

我跟她聊天时了解到，她叫小山田静子，是合资企业碌碌商会的出资人之一、实业家小山田六郎的太太。她同样很喜欢推理小说，对我的作品格外感兴趣，往往一开始读就停不下来。这让我很欣喜，直到现在我还记得当时自己快乐至极，浑身都冒出鸡皮疙瘩的奇妙感觉。我和她因为这种作家和读者的关系亲近了许多，我不必再担心刚刚认识这个美丽的女子，就要跟她永远分别。我们因这次偶遇开始通信。

我很高兴看到静子作为一名年轻女士，却喜欢冷清的博物馆。我也很欣慰看到她对我的推理小说这么感兴趣，要知道，我的小说堪称最符合逻辑的推理小说。我被她彻底迷住了。我经常给她写信，信的内容十分空洞。她却总是耐心地给我写回信，内容很可爱，又有女性独有的细致。能跟这样一位优雅、理性的女士做朋友，我这个孤独的单身男人欢喜不已。

二

接连几个月，我一直在跟小山田静子通信。我得承认，我在给她的信中小心翼翼暗藏了一种感情。而在回信中，静子在惯有的客气之外，好像也小心翼翼回应了我的感情，给我的心灵带来了慰藉，不过这可能只是我的错觉。说来惭愧，我在通信时费尽心机打听静子丈夫的情况。最终，我打听到小山田六郎比她大很多，且生得老相，已经谢了顶。

到了今年二月前后，在给我的信中，静子开始用奇怪的用词提及一件她好像十分恐惧的事：

最近我经常半夜三更被吓醒，因为发生了一件事，让我忧心不已。

短短几句话已生动描绘出她的惊恐。

老师认识另外一位推理小说家大江春泥先生吗？若您有他的地址，能不能告诉我？

我告诉静子，我自然对大江春泥的作品了如指掌，但私下里跟他并无交往。因为他非常讨厌社交，在作家聚会上，从来都看不到他的身影。更何况去年年中，他决定封笔，还从原先的住所搬走了，没人知道他的新住址。

不过，想起静子的惊恐多半跟大江春泥有关系，我就觉得很不是滋味。

静子很快寄来一张明信片，说："老师是否方便接待我？我有一事，希望跟老师见一面。"

她为什么想要跟我"见一面"，我能猜个大概，可之后我才意识到，事情远比我想象的更恐怖。可我当时却为能再见到她欣喜若狂，不断想象跟她见面的情景。

她收到我的回信，得知我正在"等她光临寒舍"，当天便赶过来了。我到门口迎接她时非常吃惊，因为她的脸色看起来十分糟糕。她提到的"有一事"很反常，打碎了我此前的各种想象。

"我来找您实在是逼不得已。这段时间，我一直绞尽脑汁思索，还是找不到解决问题的方法。我认为老师可能愿意做我的倾听者……可我跟老师才刚刚认识，就跟老师说起如此羞耻之事，好像有失妥当……"

静子轻轻抬起头来，冲我露出楚楚可怜的笑容。虎牙露出一小部分，呼应着脸上的黑痣，看起来越发有种病弱之美。此时正是寒冷的冬日，我将一个长方形紫檀炉子放在书桌旁。她将双手放在炉子边上，坐在炉子对面，坐姿相当优雅。她的手指就像她的身材，纤细柔弱，但不显得干瘦。她的肌肤雪白，但不会给人病态之感。她纤弱得好像握一下就会消失的手指充满力量，那种力量十分奇妙。在我看来，她这个人跟她的手指是一样的。

我见她如此烦恼，也严肃以待，说："但凡是我能帮忙的……"

她说："这件事的确非常可怕……"

她开始讲述这件怪事，中间穿插了她少年时期的旧事。从静子口中，我对她的身世有了大概的了解。

她是静冈人，从一所女校肄业。肄业前，她一直过着非常快乐的生活，只经历过一件不幸的事。她在女校读到四年级，跟一个叫平田一郎的年轻人短暂相恋。平田一郎对她说了很多甜言蜜语，诱惑了她。

她对平田一郎并无真心，仅仅是心血来潮效仿其余女孩谈恋爱，这便是她不幸的原因。平田一郎对她却是真心真意的，缠住她不放。她开始躲避他，可年轻人见她如此，更不肯放过她。事情发展到后来，每天半夜三更都会有个人影在静子家墙外走来走去，还不断有恐吓信送到家里。静子因此感受到沉重的压力。因心血来潮的恋爱遭到如此可怕的报复，妙龄少女被吓得浑身颤抖。而看到女儿如此失常，父母都心痛不已。

恰在此时，静子家遭遇惨痛变故，可这对静子未尝不是一种幸运。静子的父亲在一次经济动荡中因经营不善负债累累，随即在彦根的朋友帮助下，匆匆结束手头的生意，连夜逃走躲藏起来。静子被迫辍学，但又很庆幸摆脱了缠住她不放的平田一郎。

遭遇如此挫败，静子的父亲生了重病，很快去世。静子和母亲相依为命，生活困苦。不过，没过多久，这种生活就结束了。

她们隐姓埋名住在一个村子里，实业家小山田便出生在那里，他开始帮助她们。第一次见到静子，小山田就爱上了她，让媒人去求亲。对小山田，静子并不反感。尽管小山田比自己大了十岁有余，但是他像绅士一样稳重，让静子心生崇拜。

七年前，俩人顺利成婚，小山田将静子母女接到东京的家里。婚后三年，静子的母亲因病去世。很快，小山田被公司委以重任，去国外出差两年，前年年底返回日本。那两年，静子为了排遣独自生活的寂寞，终日沉浸在茶道、花道、音乐等的学习中。夫妻俩除此之外一切正常，生活幸福，夫妻关系非常好。小山田作为丈夫，努力工作，这七年不断累积资本，终于成为本行业的佼佼者，地位不可动摇。

“结婚时我并未向小山田提及平田一郎的事，这对小山田是一种欺骗，我很惭愧。”

因为心中的惭愧和哀伤，静子又细又长的睫毛垂下来，眼睛里盈满泪水，说话也有气无力。

“小山田不知道怎么听说了平田一郎这个人，疑心我跟此人关系不一般。我绝口不提跟平田的过去，说我生平只跟小山田一个男人有过亲密关系。小山田疑心越重，我越不肯对他说出真相。直到现在，我还在向他撒谎。不幸应该正藏在哪个地方等着我吧？七年前我撒谎并无不良企图，根本没想到这谎言现在会带给我如此恐怖的煎熬。我觉得很恐慌。已经被我遗忘的平田忽然给我写信。起初，我看见写信人是平田一郎，竟没想起他是谁。我的确已经彻底遗忘了他。”

说完这些，静子向我出示了平田写给她的几封信。这些信之后由我保管，直到现在还在我这里。我把第一封信附在此处，这样大家更能了解整件事的前因后果：

静子小姐，我总算找到了你。你应该尚未发觉此事。重新遇到你以后，我马上开始跟踪你，查清了你的地址和你现在的姓氏。

我是平田一郎，你应该还记得我，记得我曾让你多么厌恶。你如此寡情寡义，多半不会明白我被你抛弃的痛苦。那时半夜三更，我经常在你家墙外踟蹰，满心痛苦。可我越热烈，你就越冷漠。你躲避我、畏惧我。到了最后，你居然开始恨我。一个男人被自己所爱之人仇恨，你明白这是一种怎样的感受吗？于是顺理成章的，我的痛苦变成了哀叹，接着变成了仇恨，最后变成了报复的执念。

借着家道中落这个机会，你从我身边逃走，一句话都没留下。接连几天，我食不下咽，坐在书房出神。我立下誓言，一定要报复。当时，年轻的我不知道怎样才能找到你。你父亲欠了很多人的债，你们藏得十分隐蔽，以躲避那些债主。究竟什么时候才能再见到你，我不清楚。不过，我相信这辈子总能找到你，我将用一生时间来寻找报复的机会。

我之所以没有到处找你，主要是因为我太穷了，必须工作养活自己。转眼过去了一年、两年……我不得不一直跟贫穷做斗争。我渐渐在艰苦的生活中遗忘了对你的仇恨。我将所有精力都用于赚钱养活自己。没想到大约三年前，幸运降临到了我身上。

我试过各种工作，全都以失败告终，我陷入绝望。就在这时，我为排遣心中苦闷，写了篇小说，岂料竟因此得到了靠写作谋生的机会。到了今时今日，你依然很爱读小说，那你应该听说过一位作家，他叫大江春泥。过去一年，他一直没有写新小说，可他并未被大家遗忘。我便是大江春泥。

你觉得我会忘却对你的仇恨，在作家这个虚无的头衔下迷失自我吗？不，不会的！若不是怀揣着对你刻骨铭心的仇恨，我也不会写出这些血腥的小说。正是我执着的报复心才造就了这些猜忌、固执、残酷……我的作品中竟藏着这样诡异的心理，任何人了解到这一点，都会为之战栗吧。

静子小姐，我现在生活很安稳。此前，我一直在努力找你，除非钱和时间不允许我这么做。当然了，现在我不会再执着于把你抢回来，这几乎不可能。我结婚了，但我的妻子只是名义上的。我之所以跟她结婚，不过是为了生活更方便。妻子和所爱之人在我看来根本不是一回事。我从未忘记对所爱之人的仇恨，哪怕我已娶妻。

静子小姐，我总算找到你了，实现了这么多年来的心愿。我太高兴了，以至于浑身都在哆嗦。我怀着构思小说情节的兴奋，思考该如何报复，为此我花费了大量的时间。我处心积虑寻找一种方法，好带给你最深的痛苦与恐惧。我最终得到机会，将这种方法付诸实践。通过读这封信，你应该能感受到我的快乐。

我不害怕你会报警。我已准备好一切，你无法阻止我。报纸、杂志记者最近一年都在议论我失踪了。在他们看来，这是因为我向来低调，厌恶跟人交往，喜欢独来独往，殊不知这是我为实施报复计划做的第一项准备。我事先没想过那些记者会这样认为，却因此得以更加彻底地隐藏自己的下落，更加秘密地对你展开报复。

你应该迫不及待想要了解我的报复计划了。然而，可怕的事情要慢慢到来，才会显得足够可怕，所以我事先不会告诉你。可你若真想知道，我也可以稍微透露一些。比如我现在就能准确说出你家里和你身边发生的大大小小所有事情。

晚上七点到七点半，你一直待在卧室，靠着一张小桌子看小说，只看完了一篇短篇小说《变目传》，它收录在广津柳浪[1]的同名短篇小说集中。

七点半到七点四十分，你让女用人送来茶点，吃下两个风月堂红豆饼，喝下三杯茶。

七点四十分，你去了厕所，大约五分钟后回来。

大约九点十分之前，你一直在织东西，同时认真思考着什么。

九点十分，你丈夫回来了。

九点二十分到大约十点钟，你跟你丈夫一起喝酒聊天。你在你丈夫的劝说下，喝了半杯葡萄酒。这瓶刚刚打开的葡萄酒倒入杯中时，掉入了一块软木塞的碎屑，你伸手捞出来。

喝完酒，你马上吩咐女用人收拾床铺。你和你丈夫先去厕所，然后到了卧室。你们两个直到十一点钟都没睡。你家那座大座钟走得有点慢，它敲响十一点时，你上了床。

这份记录如此精准，好像列车时间表，你看到后会不会觉得害怕？

献给抢走我此生至爱的女人

复仇者

二月三日深夜

静子一脸不悦，对我说：“我早就听说过大江春泥，原来他跟平田一郎是同一个人，真叫我吃惊。”

---

[1] 广津柳浪（1891—1968），日本小说家，代表作有《变目传》《黑蜥蜴》《今户情死》等，作品内容十分深刻，情节相当凄惨。——译注

其实连作家同行都很少有人知道大江春泥的原名，我也是从经常过来拜访我的本田那里了解了他的原名和故事。若非如此，我可能永远都不知道他原来叫平田。他这个人就是这样，厌恶人多的地方，不肯出来见人。

平田另外还写了三封信威胁静子，每个邮戳上的邮局都不一样，信的内容却很相似。一开始都是一通诅咒，表示自己会报复，随后是静子某天晚上所作所为的详细记录和对应的时间段。她在卧室中各种不为人知的行为更是被描绘得十分细致，甚至涉及隐私细节，让人看得面红耳赤。他用冷酷至极的言辞描绘出这些让人面红耳赤之举，以及其余平淡对话。

在让别人阅读这些信件时，静子本人有多么羞涩，多么煎熬，我很清楚。她甘愿承受这样的耻辱和煎熬，将此事告诉我，跟我商议对策，我自然要小心谨慎做出回复。通过此事我了解到两点：一是她极力想要向丈夫六郎隐瞒她结婚时已非处子之身的秘密；二是她非常信任我。

"我本人没有任何亲戚，所有亲戚都是我丈夫的。我也不能跟朋友商议这件事。我这样冒昧地求助于您，是因为我相信您会被我的真诚打动，愿意为我提供建议，还请您见谅……"

我听她说完这些，想到这个美丽至极的女人竟对我这般信任，就觉得激动极了。我认为她来找我商议此事，是考虑到我和大江春泥有共同之处：我俩都是推理小说家，且都擅长在小说中推理。不过，她能找我商议如此羞耻的事，必然对我十分信任，十分喜欢。

我当然马上答应尽力帮助静子。大江春泥对静子的言行了解得如此透彻，只有三种可能：一是他收买了小山田家的用人；二是他偷偷藏在静子家某处；三是他采取了跟以上二者相似的卑鄙做法。大江春泥能写出那种风格的小说，做出这种出格的事也很正常。据此，我问静子有没有发现任何反常，回答竟是没有，这就奇怪了。静子家里的用人都长住她家，相互之间都很熟悉。跟普通人家相比，小山田对大门、围墙的安保更加重视，连蚊子都休想飞进他家。就算大江春泥能偷偷溜进他家，也很难潜入静子夫妇在后面的房间，不被用人发现。

我根本不相信大江春泥能做到这些，他有何本事做到这些呢？他仅仅是个推理小说家而已，最多能用写小说的特长恐吓静子，根本无法做出以上卑劣的行径。我无论如何都想不明白，他怎么会对静子的所作所为了解得这样清楚。可我那时候头脑简单，鲁莽地相信他很容易就能打听到这些事，因为他可能聪明灵活得像魔术师一样。

我就这样宽慰静子，这不需要花费什么力气。我让静子先回去，并再三向她承诺会把大江春泥找出来，极力劝说他不要再这样捉弄静子，他这种做法非常愚蠢。这时候，我相信自己应该尽量温柔地宽慰静子，而不是根据大江春泥的恐吓信做无意义的猜测。对我来说，前者当然更快乐一些。

送走静子时，我还告诉她："最好别跟你丈夫说这件事。你的秘密已经瞒了他这么多年，没必要为这种小事功亏一篑。"我不过是想在尽可能长的时间内分享她连丈夫都要隐瞒的秘密，从她对我的信任中获得满足。我真是太蠢了。

可我的确在努力寻找大江春泥。我一直很不喜欢他，因为他做事的风格跟我截然不同。每次看到读者称赞他通篇都在描写女性猜疑的小说，我就觉得很愤怒。若一切顺利，我也许会把他无耻的违法行为公之于众，欣赏他一脸懊悔的表情。那时候，我完全没想到大江春泥这么难找。

三

跟信里提到的一样，四年多以前，大江春泥忽然以推理小说家的身份出道。当时，日本文坛基本看不到原创的推理小说，他的第一篇小说发表后，马上获得了极高的评价。夸张的说法是他马上成了文坛新贵。产量较低的春泥却很了解如何在报纸杂志上发表新作品。他的所有推理小说都残酷而险恶，恐怖而可憎，让读者毛骨悚然。可他一直深受读者欢迎，靠的正是这种充满吸引力的风格。

我跟他出道的时间差不多。我的特长本来是创作给少年看的小说，后来才开始写推理小说。日本的推理小说家人数不多，我也算是小有名气。大江春泥的小说风格是阴暗、病态、拖沓，我的刚好相反，轻快而健康。我俩好像要跟对方比出个高下一样，在创作中互相竞争乃至互相批判。不过，一般都是我在批判他，说起来真惭愧。春泥往往毫不在意，缄默不语，不理会别人的看法，继续发表他那些恐怖的小说，只偶尔会驳斥一下我的观点。我在批判他的同时，也经常被他小说里的诡异氛围迷住。他的小说中隐藏着能让读者着迷的鬼火一样的热烈和吸引，很难用语言形容。如果他这种热烈的源头正是他信中提到的对静子刻骨铭心的仇恨，是非常令人信服的。老实说，每次我看到他的小说得到那么高的评价，都会不由自主地妒忌甚至仇视他，这种反应很不成熟。我一直在暗暗思考，要怎样才能击败他。可他忽然在一年多以前停止创作，下落不明。杂志社的编辑一直在找他，可见他这样做不是因为不受读者欢迎。总之，他消失了，原因不明。从那以后，我这个非常厌恶他的人反而有些孤独。也就是说，我因失去出色的竞争对手感到怅然若失——这种说法有些天真。我没想过，小山田静子竟会带来跟我有瓜葛的大江春泥的消息，真是奇妙。可笑的是，想到能再见到昔日的竞争对手，我竟不由得满心兴奋。

认真想一想，我觉得大江春泥可能真是那种会把自己构思的推理桥段用在现实中的人。很多人都有相同的看法，曾有人说他“在想象中的犯罪世界生活”，借助自己的兴趣与兴奋把自己理想中的犯罪生活写成小说，此举类似于那些杀人狂。只要读过他的小说，应该就会对其中诡异的氛围留下深刻的印象。而且他的小说随处可见非同一般的猜疑、神秘、残暴，他甚至在一篇小说中写下了以下可怕的内容：

> 瞧！这一刻终于还是到来了，他再也不能只靠小说得到满足。一开始，他创作小说，是因为他对世间的平庸乏味感到厌恶，通过写下自己反常的想象得到了快乐。可事到如今，他连小说都厌恶至极。到底还有什么能刺激到他的神经？哦，犯罪，只有犯罪！他已尝试过世间的一切，只差犯罪带来的美妙颤抖！

他平日的生活对一位小说家来说显得十分怪异。同行、记者、编辑都知道他是个孤僻、神秘的人。他的书房极少招待客人，连采访的记者和资历深厚的前辈也被拒之门外。他还频频搬家，总是以生病为由推掉各种作家聚会。据说，他每天从早到晚躺在床上，甚至在床上吃饭、写小说。就算是白天，他也会用遮雨板挡住窗户，只在简陋的房间里点一盏五瓦的电灯，借着昏黄的灯光，构思最恐怖的桥段。

我曾在他停止创作后暗想，他也许会在浅草附近满是垃圾的小巷里栖身，把自己的想象变成现实，一如他小说中的情节。我没想到他竟然真的在不到半年后，以想象执行者的身份重回我的视线。

在我看来，去报社文艺部或杂志社向编辑打听春泥的下落是最可行的方法。春泥平时行事古怪，极少接待访客，除非非这么做不可。杂志社此前调查过他的下落，未果。要想得到相应的线索，也许只能求助于那些跟他私交甚笃的编辑。刚好我跟其中一位杂志编辑关系很好，他是博文馆的编辑，名叫本田，曾在一段时期内专门负责春泥的稿件，称得上春泥的专门负责人，而且他是非常擅长搜集信息的外务编辑。

我给本田打电话，邀请他到我家来。我先是向他打探春泥的生活，我对此了解不多。本田的语气很轻浮，像在说一个狐朋狗友："你是说春泥？那是个恶劣的家伙。"

本田像财神一样满脸笑容，对我的提问知无不言。他说，春泥刚开始写作时，在郊区的池袋租了间小屋。之后名气越来越大，收入越来越高，又租了更大的屋子，其中多是大杂院。本田罗列了两年之内春泥先后住过的七个地方，包括牛込的喜久井町、根岸、谷中初音町、日暮里金杉村等。

春泥搬到根岸后，逐渐成了畅销作家，杂志记者纷纷跑去采访他。那时候，他就开始表现得孤僻，家里只开着后门，让妻子进进出出，正门一直紧闭着。有人登门拜访，他便佯装不在家。客人回去以后，他再写信致歉："如果有重要的事情，请写信跟我联系，我讨厌直接跟人接触。"遇到这种情况，大多数编辑都会退缩，只有寥寥几个人能跟春泥面对面交谈。春泥如此孤僻，就算对小说家的古怪性情见怪不怪的杂志编辑也很难应付。

不过，春泥有一位十分贤良淑德的太太，这很有意思。本田向春泥约稿、收稿，基本都是通过春泥的太太。可春泥家总是锁着大门，还时常贴着各种拒绝访客的借口，比如"主人生病，谢绝访客""主人外出旅行""各位编辑先生，恕不能见面，约稿请写信"，等等，要跟春泥的太太见面也绝非易事。即使是本田，也吃过好多次闭门羹。若是搬家，春泥也不会告诉编辑们。编辑们要找到他的新地址，只能通过他寄来的信。

本田自我卖弄道："我可能是那么多杂志编辑中唯一一个曾跟春泥交谈过、闲聊过、说笑过的人。"

我越来越觉得好奇，忍不住问："照片上的春泥好像非常英俊，是真的吗？"

"不是，照片上可能不是他。据他说，照片是他年轻时拍的，但是一点都不可信。春泥跟英俊根本不沾边，可能是因为缺乏运动，他长得很胖，毕竟他总是躺在床上。他就跟土佐卫门[1]一样，除了肥胖，还面部肌肉松弛，面无表情，双眼浑浊，毫无神采。他的口才也很差。这样一个人居然能写出那么好看的小说，真叫人难以置信。你还记得小说《羊癫风患者》[2]吗？那篇小说描绘的状态就跟春泥差不多。他每天都躺在那儿，都快磨出茧子来了。我只跟他当面交谈过三次，他没有一次不是躺着。我觉得他躺着吃饭的传言可能是真的。

"但是他天天躺着，对人群厌恶到这种程度，却有传言说他时常半夜三更打扮成另外一副模样，在浅草一带晃来晃去，真是诡异。他就像窃贼，或者说蝙蝠。我想他应该不是那种非常内向的人。说得直接一些，他的身材那么肥胖，相貌那么丑陋，所以没有勇气出来见人。他越是出名，越是觉得自惭形秽。他不愿意跟朋友、同行见面，就是因为这个。为了安抚自己，他只能在夜里偷跑到闹市区游荡。联想到春泥做事的风格，联想到他太太的说法，我这样猜测是很合理的。"

在对春泥的身材、性格做了一番生动的描绘后，本田又顺便提到了一件怪事："寒川先生，这件事是近来才发生的。我……又见到了失踪的大江春泥。我很确定是他，但并未和他打招呼，因为他看起来怪模怪样的。"

"在什么地方？什么地方？"我不由得连续问了两遍。

---

[1] 土佐卫门，日本18世纪有名的大力士，肥胖、惨白，好像溺死的尸体。——译注

[2] 日本推理小说家宇野浩二（1891—1961）的作品，主角身患羊癫风。——译注

“在浅草公园。可那说不定只是我宿醉未醒想象出来的。当时正是早上，我正往家里走。”本田一边笑一边挠头，“那一带有家中餐店，叫来来轩，你听说过吗？在一个很不起眼的地方。那天早上，有个胖子出现在那儿，周围几乎没什么人。他穿着小丑的服装，头戴尖顶红帽子，在发传单。你可能觉得我像在做梦，但那个胖子真是大江春泥，我可以肯定。看到他以后，我停下来，正在迟疑是否要向他问好。他好像也看到了我，转身便走，很快进入对面一条小巷。我本打算追上他，又觉得他不会喜欢在这种情况下见到我，就回了家。”

我听到本田对大江春泥那种古怪生活状态的描绘，像做噩梦一样难受。后来，我又听本田谈及他穿着小丑的服装、戴着尖顶帽子在街上发传单，更无端端感到毛骨悚然。本田在浅草遇到他，跟他给静子寄去第一封恐吓信刚好在同一时间。我不确定他打扮成小丑和他给静子寄恐吓信是否存在因果关系，应该先确定一下。

我从静子交由我保存的恐吓信中挑出意思最模糊的一封，让本田确定是不是春泥的笔迹。他不光判定这是春泥的笔迹，还表示只有春泥才会像写信人一样使用形容词和假名。本田对春泥的写作风格相当了解，因为他一度模仿春泥创作过小说。他说：“我根本学不会他那种拖沓的文笔！”

我对此毫无异议。跟本田相比，我对春泥独有的风格有更深入的感知，毕竟我读过好几封恐吓信。我胡乱编个由头，请本田帮忙找到春泥的下落。

本田立即答应下来：“我一定帮你找到他！”

我并不安心。我从本田口中得知春泥最后的地址是上野樱木町三十二番地，准备亲自过去问问那附近的人。

四

我手头的小说刚刚写完开头，第二天，我暂且搁笔，来到樱木町。我向邻居家的女用人、附近的小贩打听春泥家，证明本田昨天说的都是真的。可春泥此后去了哪里，却一点线索都没有。住在大杂院的人都爱说是非，但当地住户以中产阶级为主，没这种喜好，他们唯一清楚的是春泥家搬走了，且事先并未说明要搬去哪里。大家并不清楚他是位有名的小说家，因为他家门前的门牌上写的并非大江春泥这个名字。邻居们甚至不清楚他请了哪家搬家公司帮忙搬家。我一无所获，只能回家。

我一时间想不到其余法子，只好每天写稿子之余，给本田打一个电话打听此事，但他好像也一无所获。五六天过去了，我们仍在做这些徒劳无功的事，春泥却开始将他费尽心机想出的报复计划的种种细节付诸实践。

小山田静子有一天又往我家打了个电话，请我去她家，说又发生了一件可怕的事情。她丈夫不在家，大部分用人也去了很远的地方，家里只剩她一个人，等我赶过去。她似乎是特意用公共电话而非家里的电话跟我联系。讲话时，她犹豫不决，短短几句话竟说了三分多钟。正因为这样，有一回电话还断了。

趁着丈夫外出的机会，她将不可靠的用人打发出去，偷偷向我发出邀请。这种邀请暗示的意味十足，以至于我生出了一种奇异的情绪，不可名状。当然，这并无任何特殊意义。我马上应承下来，赶往她家。

小山田家在浅草的山之宿町，要走过很多店铺，才能走到那里。房子十分古朴，跟老式的别墅有些相像。房子后边有条大河，从前边根本看不到。房子外侧刚刚修建了一圈水泥墙，墙头上插满了防止窃贼闯入的碎玻璃，正房后边还有两层小洋楼，这些都跟古朴的日式别墅本身格格不入，让人觉得这家的主人是只看重钱财的暴发户。

我出示了名片，然后被一个乡下女用人带到小洋楼的会客室，见到了一脸反常的静子。她不断向我道歉，请我原谅她如此失礼，接着低声说："请您看一下。"她把一封信交给我，瞧瞧身后，又靠近我，好像在担心某种东西。这封信自然是大江春泥写的，可对比此前的信，这封信有少许差异：

静子，我清楚看到了你备受煎熬的模样。你向丈夫隐瞒了此事，并极力想找到我身在何处，这些我都非常清楚。可我劝你不要浪费精力，你不会有任何收获。就算你敢说出我对你的恐吓，甚至报警，你也别想知道我身在何处。你若读过我的小说，就会明白我会做好万全的准备。

行啦，我应该结束先前牛刀小试的试探了，我的报复计划第二步即将开始。我想先向你透露一个小秘密，我怎么会对你的活动了解得这么清楚。你应该能够想象，再次找到你以后，我就一直跟在你身后，如影随形。你待在家里也好，出门也罢，都别想摆脱我的监视，可你无论如何都找不到我在哪里。甚至在你看这封信时，我也像影子一样藏在隐蔽的地方，眯着双眼凝视你。

你应该能够猜到，每天晚上，我在监视你的活动时，不会错过你和丈夫交欢的场面。我当然会因此心生妒忌，简直到了要发疯的地步。先前确定报复计划时，我并未想到这一点。不过，我的计划没有因这种微不足道的事情而耽搁，我的妒忌之火还因此烧得更加炽烈。于是，我想更好地实现自己的目标，为此需要改变原先的计划。事实上，这并不是多大的改变。我原先的计划是，先让你忍受各种煎熬与恐惧，再杀了你。

然而，我在亲眼见到你和丈夫交欢后改变了计划，我要让你心爱的丈夫在你面前死去，让你尝尝痛不欲生的滋味，然后再杀你。

我最终的决定就是如此。不过，我做事向来不紧不慢，你用不着心急。走下一步之前，我一定要先让正在阅读这封信的你受尽折磨，否则就太便宜你了。

献给静子女士

复仇者

三月十六日深夜

我读完这封用词极为毒辣、冷酷的信，不由得哆嗦了一下，并加倍地仇恨大江春泥此人。可要是我都怕了，可怜的受惊的静子又能从何人那里获得慰藉呢？我只能极力镇定下来，不断劝说静子，信中的计划只是一个小说家胡思乱想的结果。

“等一下，老师，请不要这么大声！”

我这样苦口婆心劝说静子，静子却完全没听进去。她好像在聚精会神留意外面的响动，经常呆呆看着某个地方，聆听着什么。随后，她像是注意到有人正在外面偷听，将声音压至最低，张开近乎跟脸一样惨白的嘴唇说：“老师，我觉得我脑子里乱哄哄的。可是他那些话……难道都是真的吗？”静子不停地自言自语，说些难以理解的话语，好像精神失常了。

受她影响，我也不由得压低声音问：“出什么事了？”

“平田就藏在我家里。”

“什么地方？”我脑子里乱糟糟的，竟没听懂她的话。

静子面色发青，站起身来，像下定了某种决心一般，伸手示意我跟在她后面。我见她如此，一下子兴奋起来，我也不明白这是为什么。我跟上了她。

她走到中途，忽然看见了我的手表，让我把手表放到刚刚那间会客室的桌子上，却不告诉我原因。随后，我们继续小心前行，从短小的走廊进入日式正房，进入卧室。我将纸门拉开，静子忽然像知道歹徒正藏在门后一样，露出惊惧的表情。

“这太不可思议了！你说那家伙竟敢在光天化日之下藏在你家里，这是不是你多虑了？”

我话说到一半，她忽然警惕地做个手势，让我不要再说了，并握住我的手，将我带到房中一个角落。站在此处，她抬头看向顶上的天花板，用手势示意我不要说话，好好听听。

差不多有十分钟，我们一直站在这里，注视着彼此，凝神细听。尽管是白天，可这个位于宅子深处的房间却一片寂静，好像能听见血管里的血在汩汩流动。

片刻过后，静子轻声问：“您有没有听到钟表嘀嗒作响的声音？”

“没听到，哪儿有钟表？”

静子听我这么说，便不说话了，继续凝神细听。最终，她好像放心了，说：“现在没有了。”她招招手，带我返回先前的会客室，迫不及待地把一件很奇怪的事情告诉了我。

那天，静子在客厅做针线活，女用人送来一封信。她一眼看出了写信人是春泥。每次春泥寄信过来，她都会心神不宁。可不拆开看看，她会更心神不宁。因此，她还是拆开了信，心里满是惶恐。看到他威胁要杀掉丈夫，她吓得在房间里走来走去，心慌意乱。走到衣柜旁边，她停下脚步，听到有类似虫叫的轻微响声从头顶传来。

“起初，我还以为是我耳鸣，可耐心聆听了片刻，我断定那是金属摩擦的声音。”

静子因此认为那是春泥的怀表发出的，春泥就藏在天花板后面。那种金属摩擦的声音很轻微，几不可闻。她当时之所以能听到，可能是因为距离很近，房间里非常安静，她的神经又绷到了极限。她原本以为是其余某处的钟表因类似于光线折射的声波折射，听起来像是从天花板上发出的。

可是她把房间各处都找遍了，也没找到钟表在哪里。

忽然，她想起春泥那封信中的话："甚至在你看这封信时，我也像影子一样藏在隐蔽的地方，眯着双眼凝视你。"她刚好看到有一块天花板翘起来一点，出现了一条缝。她看了又看，总觉得春泥正眯着双眼透过那条缝隙打量她。

"平田先生，您就藏在那儿吧？"静子激动不已，边哭边朝天花板大叫，好像被敌军包围，正奋力冲杀的战士，"您要怎么处置我都可以，我不在意。哪怕被您杀掉，我也不会抱怨。可我求您不要伤害我丈夫，我结婚之前向他隐瞒了真相，现在再让他因我去死，我会很不安心的，请求您放过他……请求您放过他吧……"她用满怀感情的声音低声恳求道。

天花板后面无人回应。她失去了刹那间的激动，像泄气皮球一样浑身发软。周围静悄悄的，仍有隐约可闻的嘀嗒声从天花板后传来。阴兽屏住呼吸躲在暗处，没有发出任何声音，像哑了一样。她处在如此反常的静默中，简直要被心中的恐惧吞没。忽然，她跳起来跑出客厅，跑出这个家，就像在逃亡。

她恢复神志时，发觉自己到了外面。她想到了我，马上去旁边的公共电话亭给我打电话。

我听她说这些话时，忍不住想到大江春泥的一篇恐怖小说《天花板里的游戏》。如果静子听到的嘀嗒声果然是从藏在房间里的春泥身上发出的，而非幻觉，那么春泥就是在执行自己小说里的诡计。回想他行事的风格，他的确能做出这种事来。在看过《天花板里的游戏》后，我更加不能无视静子这番如同妄想的话语。身材肥胖、穿着小丑服装、戴着尖顶红帽子、嘴角露出可怕笑容的大江春泥好像就在我眼前，我也觉得心惊胆寒。

五

我跟静子商量了一下，决定爬到静子家客厅的天花板上，看是不是真的有人曾藏身这里，若有，他是怎么进来又怎么出去的。《天花板里的游戏》中一个业余侦探就这样做过。

静子劝阻我："做这种让人不快的事情太委屈您了。"

可我坚持要这么做。我根据春泥那篇小说的内容，拆掉壁橱上面的天花板，造出一个只能让一个人出入的洞，然后像水电工人一样钻进去了。此时，这座宅子里并没有什么人，只有那个女用人帮忙传话接待客人，而她应该不会突然闯进来，她好像正在厨房忙碌着。

春泥那篇小说把天花板内描绘得很美妙，但实际并非如此。这座房子已建成多年，不过不算很脏，清洁工人在去年年底大扫除时把天花板全都拆掉清理了一遍。可是现在过去了三个月，又积攒了不少尘土，蛛网更是无处不在，最要命的是到处都黑漆漆的看不清楚。

我问静子要了手电筒，好不容易从房梁爬到声音源头处。此处有条缝，可能是清理时把天花板弄变形了。这条缝很容易找，因为下面的光透过缝隙照进来成了一条线。我移动了不到一米远，就隐隐感到一切正如静子所料，有人曾在梁上、天花板上活动过，留下了痕迹。刹那间，我一阵毛骨悚然。读过那篇小说后，想到我从未见过面的大江春泥贴在天花板上爬来爬去，好像一只毒蜘蛛的场面，我便惶恐不已，一颗心就要从胸腔里跳出来了。

手印、脚印在天花板的灰尘上零零散散分布着，好像那个人把整个宅子的天花板都爬遍了。我摒弃惶恐，逼迫自己什么都别想，拖拉着僵硬的身体追寻春泥在灰尘上留下的痕迹。客厅和卧室天花板上的痕迹果然比别处多，可能因为这些地方的缝隙也比较多。由此可见，好像真的有人在这里逗留过。

我模仿在天花板里做游戏的人，偷窥底下房间里的动静。我觉得这种游戏的确有其吸引力，能让春泥沉浸其中。透过天花板的缝隙，会发现下面的世界精彩得让人难以想象。看到受过巨大打击以至于一脸沮丧的静子时，我更忍不住感叹，不同的角度，人类展现出的魅力竟如此不同。我们平时都是从平视的角度看人，这种角度根本无法做出任何掩饰，再在乎自己形象的人也无能为力，只能在别人面前展现出原始的模样、不够优美的姿态。静子有一头油亮的头发，可能是因为这种俯视的角度，她头顶圆形的发髻显得非常奇怪，刘海和发髻之间下凹的地方有薄薄的灰尘，被其余部分的整洁衬得格外脏。发髻后面和服的领口和后背中间的部位深深凹下去，后背上还隐约能看到一个小凹坑。那条红色的伤痕仍盘踞在白皙莹润的皮肤上，伸展到我眼睛看不到的地方，让我觉得很疼。俯视角度下的静子没有平时那么优雅，却多了一份特殊的性感，让人不敢置信。

我带着手电筒，在房梁和天花板上四处搜寻大江春泥出没的证据。然而，所有手印、脚印都模糊不清，更看不到指纹。春泥可能戴了鞋套、手套，就像他在《天花板里的游戏》中描绘的那样。不过，我终于还是在客厅一根撑住横梁的木头下面找到了证据，有个小小的灰色圆形物体被遗落在这个不起眼的角落里。是一颗圆形的纽扣，用抛光金属做成的，上边刻着浮雕字母 R.K.BROS.CO.。我马上由此联想到《天花板里的游戏》里的衬衫纽扣。可这颗纽扣看起来怪模怪样的，不像衣服上的，说不定是用来装饰帽子的，不过我也不能肯定。我从天花板上下去，让静子看这颗纽扣，她也很疑惑。

我又开始调查春泥爬进天花板的入口，一路追踪到玄关储藏室顶端，灰尘凌乱的痕迹在这里消失了。储藏室顶端的天花板并不严实，我毫不费力地掀起来。有些坏掉的椅子堆放在储藏室，我踩着这些椅子下了地。储藏室的门没上锁，我打开门，看到门外较远的地方是一堵水泥墙，比我高出一头。春泥多半是趁着没人时翻墙进来（之前提到墙头上到处插着碎玻璃，可这不会伤到一早计划好要闯进来的人），又钻进没上锁的储藏室，潜入天花板。

我终于看清了春泥的把戏，顿时失去了兴致。这种乏味的伎俩只有那些问题少年才会感兴趣，本身并没什么难度，春泥的本事不过如此。我失去了原先那种无法用语言形容的惶恐，只觉得很不高兴——之后发生的事表明我真不该看不起这个对手。

考虑到什么都比不上丈夫的生命，静子在极度的恐惧下想到报警，坦白说出自己的秘密。但已对对手心生轻蔑的我劝说静子，春泥躲在天花板上是没办法杀人的，他不能模仿《天花板里的游戏》，做出从天花板往下滴毒药这类滑稽的行为。他只是被犯罪的欲望驱使，装模作样吓唬人，这是种很幼稚的举动。他不过是个作家，要说他的想象力非同一般，我不会否认，可他未必真有什么能力。我竭尽所能宽慰着静子。见她如此恐惧，我还承诺找几个喜欢研究这种事的朋友每天晚上到墙下巡视。我这种做法实在鲁莽。

好在小洋楼的二楼有客房，那里没有可供窥视的天花板。静子准备暂时跟丈夫搬到那里休息，她会为此找个恰当的理由。

第二天，我们开始用这两种法子对付春泥。然而，这小小的伎俩未能阻挡阴兽大江春泥伸出可怕的魔掌。两天之后，即三月十九日深夜，大江春泥果然杀了小山田六郎。

六

在恐吓信中，春泥曾说会杀掉六郎。他说："不过，我做事向来不紧不慢，你用不着心急。"可仅仅过了两天，他就杀了六郎，这是怎么回事呢？他可能是想在对方没有防备的情况下动手，故意在信中写下那句话。可我觉得，他应该有别的理由。听到嘀嗒声时，静子认为春泥正藏在天花板上，哭着请求他放过六郎。我听静子提及此事时，已经预感到事情不妙。在了解到静子如此爱丈夫后，春泥越发妒忌。与此同时，他还了解到自己的藏身处并不隐蔽。于是，他想："好啊，你对你丈夫痴心一片，我索性早日结果了他的性命！"

小山田六郎死得非常蹊跷。收到静子的消息，我在当天黄昏时分就来到小山田家，问清楚了整件事。

六郎死之前的那天晚上，看上去一切正常。跟平时相比，他回家稍微早一些，喝了点酒，就说要到大河对面的小梅町拜访朋友，跟朋友下围棋。当天晚上很暖和，六郎没有穿外衣，只穿着大岛和服夹衣、盐濑短褂出去了，也没带什么东西。

要去的地方很近，他走路过去，先从吾妻桥上经过，再沿向岛的大堤前行，这是他平时经常走的路线。接下来直到十二点，六郎一直待在小梅町的朋友家。从朋友家告辞后，他又走路离开。在此之后，他就失踪了。

整整一夜，静子都没等到丈夫回家。她回想起大江春泥的恐吓信，不由得焦急万分。天还没亮，她便开始给丈夫所有可能去的地方打电话，但怎么都找不到丈夫。她自然也给我打了电话。正好我前一天晚上出去了，第二天黄昏才回家。这场混乱发生时，我什么都不知道。很快到了上班时间，六郎还是没有出现。公司也找不到他。快到中午时，象潟警署发来消息，六郎已死，死因蹊跷。

吾妻桥西侧、雷门电车站以北的大堤下有一座公共汽船码头，可以运载乘客在吾妻桥和千住大桥之间往来。蒸汽时代，此处就是隅田川的风景名胜。空闲时间，我经常乘坐汽船在言问、白须等地之间往来。常有一些小贩出现在公共汽船上，贩卖画册、玩具。他们用沙哑的声音推销货物，听起来就像戏院的辩士[1]，同时还有螺旋桨吱呀作响的声音。这些都古朴得像乡间的景象，正合我的胃口。

在隅田川的河面上，码头像条方方正正的船一样漂浮着。这艘漂浮的船上有候船室，里面有椅子，也有公共厕所。我曾在这里上厕所，进去以后才发现所谓的厕所只有一只女用箱子那么大，木地板上有个矩形的洞，隅田川的河水就在下面奔涌，距离木地板不过一步之遥。这种设计不会积攒秽物，好像火车、轮船上的厕所。透过矩形洞能看到下面深蓝色的河水深不见底，如同凝固了一样，细看却会发现河水中漂浮的生物飘忽不定，好像显微镜下的微生物。有时候，我会对这种场面无端感到害怕。

三月二十日早上大约八点，浅草寺商店街一家店铺中年轻的老板娘赶到吾妻桥的公共汽船码头，准备去千住处理某事。她在候船期间去上厕所，一进门就尖叫起来，然后匆匆跑出来。检票口的老头儿问她发生了什么事。她说她看见一张男人的脸出现在厕所的矩形洞下面，男人从深蓝色的河水中冒出头来，正在偷窥她。检票口的老头儿以为是船夫在捉弄人。当地有

[1] 播放无声电影时，负责解释剧情的工作人员。——译注

时的确会有龅牙龟[1]在水中出没。老头儿进了厕所，果然看到一张人的脸浮在洞下面，距离洞口大约一尺。水面起伏不定，那张脸也随之上上下下，像上了发条的玩具，时而只露出半张脸，时而露出整张脸。之后，老头儿说那是他生平见过的最可怕的场面。

老头儿发现那原来是个死人，十分惊慌，高声叫来码头上的青年帮忙。候船室中正好有个鱼店老板，为人仗义，跟其余青年一起去拉那具尸体。洞口太小，很难从那里把尸体拉上来。众人又用长棍从外面推尸体，推到河面上来。

尸体赤身裸体，只穿着内裤，是个仪表非凡、四十岁左右的男子，不像那种冲动地跳水游泳溺死的人，这可奇怪了。因为感觉不对劲儿，大家认真检查了尸体，在其背后发现了刀伤。此外，尸体并未被泡得浮肿起来，不符合溺死的特征。得知死者是被杀死的，不是意外溺死的，大家议论纷纷。

除此之外，大家在打捞起这具尸体时，还有一个奇怪的发现。当时，花川户派出所接到报警，派了一名巡警赶过来。巡警指挥青年们抓着死者的头发往上拉。大家一使劲儿，死者的头发竟完全脱落了。青年们看到如此令人作呕的一幕，都吃惊地叫起来，松了手。这太奇怪了，死者应该没在水中浸泡太久，头发怎会完全脱落？经过认真观察，巡警发现原来是一顶假发，死者的脑袋已经秃了。

静子的丈夫、碌碌商会董事小山田六郎死后就是这副模样。总之，六郎先是遇害，之后被人脱光衣服，戴上一顶假发，丢进吾妻桥下。尽管被丢进了水里，但死者体内并未进水。死因是背部的伤口，有人用利器刺破了他的左肺。背部除了致命的伤口外，还有几处比较浅的伤口，可见凶手接连刺了他几下才刺中要害。法医断定前一天凌晨大约一点钟是死者的死

[1] 1908年，东京一名政府职员的妻子在浴池遭到奸杀。凶手是个绰号叫龅牙龟的木匠池田龟太郎，他经常到女浴池偷窥。此后，日本人便称偷窥女浴池的人为龅牙龟。——译注

亡时间。

死者赤身裸体，什么都没带，怎么确定他的身份呢？警方正在发愁，结果中午小山田的一位朋友就出现了，马上给小山田家和碌碌商会打了电话。

我在黄昏时分赶到小山田家。只见家里到处都乱哄哄的，六郎的亲戚朋友、碌碌商会的员工都赶过来了。刚刚从警署回家的静子被这些人团团围住，不知所措。六郎的尸体没有运回家，因为警方还要解剖，好得出更详细的鉴定结果。亲戚朋友只好把赶制出来的灵牌、献给死者的上好的香和鲜花，都放在了佛坛前面盖着白布的台儿上。

静子和碌碌商会的员工到了这时才把发现六郎尸体的过程告诉我。我很不安，毕竟六郎丧命，我也要负一些责任。两三天前，我因轻敌，劝阻了想要报警的静子，于是出现了如此可怕的结果。羞耻感、悔恨感充斥着我的内心。在我看来，凶手肯定是大江春泥。六郎从小梅町下棋的朋友家出来后，从吾妻桥经过，被春泥拽到码头上幽暗的地方杀害，尸体被丢进河里。我听本田说过，春泥最近正在浅草一带活动，形迹可疑。凶手要不是他，还会是谁呢？不，春泥一定是凶手，他一早就说要杀了六郎。可是他脱光六郎的衣服，又给六郎戴上假发，这些举动有何意义呢？真让人无法理解。这些举动根本不合逻辑，若这些同样是春泥所为，他有何用意？我怎么想都想不通。

我找个机会把静子叫到另外一个房间，跟她商议我们两个共同的秘密。静子朝客人们点点头，很快跟上了我，她好像也在等这个机会。到了没人的地方，她低声叫我“老师”，然后紧紧抱住我。她的长睫毛闪烁着光泽，眼睛好像正在凝视我的胸膛。我看着她肿起的眼皮，忽然发现一大颗泪珠从她眼里流出来，沿着惨白的面颊滚落下来，她哭得停不下来。

“全都怪我不小心，真对不起。那家伙居然不只是说说，真的动手了，这都怪我……都怪我……”我同样觉得很悲伤，微微握紧静子的手连声道歉。

我第一次直接触及她的肌肤，感觉她的手柔弱、炙热、弹性十足。在当时的环境中，我却产生了如此奇异的感受，并铭记至今。

过了很久，静子才不哭了。

这时，我问她："哦，你有没有告诉警察你收到了恐吓信？"

"没有，我不知该如何是好，因此……"

"你还没有告诉他们？"

"没有，我准备跟老师商量一下，然后再决定该怎么做。"

我始终握着静子的手，静子没有表现出不悦，也没有提出抗议，反而轻轻靠在我身上。之后回想起这一幕，我觉得非常神奇。

"你也相信那个人就是凶手吧？"

"是的。另外，昨天晚上还发生了一件奇怪的事。"

"什么事？"

"听了老师的警告，我改去小洋楼二楼睡觉。搬到那儿以后，我以为他不会来偷窥了，可他好像还在偷窥。"

"从什么地方偷窥？"

"窗户外面。"静子瞪大眼睛，好像又想起了当时可怕的一幕，时断时续道，"昨天晚上，我大约十二点钟上床休息。我有些担心丈夫，他还没回来。而且洋楼的天花板太高了，我一个人住在里面空空荡荡的。我怕得厉害，开始观察房间各处。窗户上只装了一扇百叶窗，窗底下还有大约一尺的空间无遮无挡，能看见外边的黑夜。我很害怕，却忍不住朝窗外看，隐约看到了一张人脸。"

"会不会是你想象出来的？"

"我也不知道自己是不是看走了眼，因为那张脸一转眼就消失不见了。不过，那一幕简直太恐怖了，我至今印象深刻。那人稍微往前弓着腰，顶着一头乱发，紧靠在玻璃上，翻着眼珠盯着我瞧。"

"是不是平田？"

“没错，这种事情除了他，还能有谁做得出来？”

我们讨论完这些，认定是大江春泥即平田一郎杀了六郎。他之后还会杀静子。我们决定报警，寻求庇护。

一个名叫系崎的法学士检察官负责这起案件。他还是猎奇会的一员，所谓猎奇会是由包括我在内的一些推理作家和医生、律师等共同组成的。多亏有他，我陪伴静子到搜查总部象潟警署解释此事时，得到了朋友般的友善与耐心，而不必忍受检察官审问死者家人那种严厉的态度。他得知这件怪事，惊讶之余又很好奇。他决定竭尽所能找出大江春泥，并往小山田家派驻更多刑警，安排更多巡逻，为静子的安全提供充足的保障。因为外界了解的大江春泥的模样跟他本人相差甚远，他还接受我的提议，从博文馆的本田口中打听到相关的详情。

七

此后，警方为寻找大江春泥不遗余力。我也请本田等报纸、杂志编辑多多留意大江春泥，时时询问有没有发现。就这样过去了一个月，春泥却不知所终，不管我们怎样寻找都是徒劳。他要是个单身汉，这也不奇怪。可他有妻子，妻子会阻碍他的行动，他能藏到什么地方呢？检察官系崎猜他逃出了日本，真会是这样吗？

六郎以那种诡异的方式死去后，静子再未收到恐吓信，这让人很费解。春泥应该已经藏起来了，他可能担心警察会查到他头上，就搁置计划，先不对静子下毒手。不，不会的，他那么聪明，那么狡猾，一定早就猜到事情会发展成这样。眼下，他多半还藏在东京某个角落，耐心等待机会，再来杀掉静子。

先前，我曾去春泥最后的住所上野樱木町三十二番地一带调查过。象潟警署署长也派刑警去调查了一番。刑警毕竟是专业人士，经过一番努力，最终查到了春泥最后请的搬家公司。公司规模不大，虽也在上野，却是距离春泥家比较远的黑门町。他们从搬家公司那里打听到了春泥的新家。原来从樱木町搬走后，春泥又搬到了柳岛町、向岛的须崎町这些地方。他租的房子越来越糟糕，在须崎町时，他住在两座工厂中间一座又脏又乱的房子里，看起来跟工地上临时搭起的棚子差不多。他一下交了几个月的租金，房东以为他一直住在那儿，直到刑警过去调查。进屋以后，刑警看到地面上满是尘土，不见任何家具。这屋子是何时被搬空的，根本看不出来。警察把住在这一带的住户和在工厂上班的职工逐一问了一遍，什么都没问出来，因为当地人都不爱理会别人的事。

博文馆的本田本就对这种诡异的事非常感兴趣，他见这件事的内情越来越清晰，查得更加起劲儿了。此前，他在浅草公园遇到过春泥，便以此为中心，利用催稿的闲暇时间玩破案游戏。他先是想起春泥曾帮人发过传单，就到附近几家广告公司打听有没有请过一个雇工，其外表好像春泥。可惜每到工作繁忙的阶段，这些广告公司就会雇用各种各样的人，甚至会让那些在浅草公园旁流浪的人换上制服工作，每天给他们发放薪酬。正因为这样，对方在听完本田对春泥外貌的详细描绘后，依旧什么都想不起来，唯一能确定的是本田看到的春泥其实是个流浪汉。

随后，本田改在夜深时分到浅草公园去，把树底下的椅子都认真搜查了一遍。他还到那种便宜的旅店过夜，因为那里常有流浪汉出入。他再三向客人们打听，有没有看到哪个男人外表好像春泥。可他费尽心机都没能找到任何线索。

每个星期，本田都会过来拜访我，把他努力调查的结果告诉我。他曾带着一贯的财神一样的笑脸跟我说起这样一件事："寒川先生，我前段时间忽然开始留意见世屋[1]，感觉这条线索非常有价值。现在像蜘蛛女这种有头没身子的杂技见世屋在很多地方都很流行，不是吗？我看到过一个差不多的节目，但是有身体没头，跟以前的表演刚好相反。表演时摆出一个很长的箱子，分成三截，一个女人躺在里面，身体和腿放在底下的两截箱子里。可她没有头，也就是一个没头的女人躺在箱子里。她的四肢会动，说明她是活的，看上去很可怕，又很性感。这个把戏其实很幼稚，就是在箱子里

---

[1] 日本人从古代开始在临时搭建的帐篷或小屋里表演，包括畸形秀、幻术、杂技等。——译注

斜着放一面镜子，用镜面反射让箱子看上去成了空的。这种无头表演我在牛込的江户川桥，也就是通往护国寺的空场上也看到过。可是那次的表演者是个很胖的男人，穿一身满是油污的小丑服，有别于常见的表演模式。”

说到这儿，本田一下变得很紧张，紧紧抿着嘴唇，好像要说一件很重要的事。他看到我满心好奇，这才继续往下说：“您明白了吧。我想在见世屋中，一个男人可以一面展现出自己的身体，一面却不让人发现自己的真实身份。这法子真是巧妙至极，让人完全预想不到。他的工作就是天天躺在那里，没人会看到他最具特征性的脸，这种藏身的方法跟大江春泥的做派多么吻合。大江春泥对这种诡异的事情非常感兴趣，经常在小说里描述见世屋。”

“接下来怎么样了？”我催本田往下说。看他这么镇定自若的样子，不像已经找到了春泥。

“于是，我赶紧到江户川桥，发现那里还有见世屋，真是太好了。我买了门票，打开木门，走到那个没有头的胖男人身边，极力想要看到他的面容。我觉得这家伙不至于从早到晚都躺在这里，连厕所都不去，就耐心等他什么时候如厕。观众很快都走掉了，只有我还留在那儿。我正在等待，箱子里没头的男人忽然开始拍手。解说员跑过来，对疑惑不解的我说，现在是演出的中场休息时间，让我先出去。机会终于来了，我出去以后马上跑到帐篷后边，透过帐篷上的小窟窿朝里窥视，看到解说员扶着那个没头的男人爬出箱子——他当然是有头的。男人跑到观众席角落小便。原来他刚刚拍手是为了告诉解说员他要小解，这个暗号是不是很有趣？哈哈哈哈！”

“别说笑了，你以为你在表演滑稽戏吗？”我佯装恼了。

本田马上止住笑，辩驳道：“不是。我非常失望，因为那个男人长得跟春泥一点都不像。可是……我的确为调查花费了很多精力。我想让你知道我真是在费尽心机找春泥，所以才把这件事情告诉你。”

这段插曲如实反映了我们寻找春泥时，连半点希望都看不到。

此外还发生了一件事。在我看来，要破解此案，这件匪夷所思的事可能会成为关键。我在调查过后认为，六郎死后戴的假发好像来自浅草一带。我把浅草卖假发的店都走了个遍，最终找到一位松居师傅，他的店开在千束町。他谈到一顶假发，跟六郎的假发完全相同。可是跟我的猜测不一样，他说定制假发的正是小山田六郎，我非常惊讶。客人自称小山田，松居对他长相的描述也跟小山田六郎一样。大约去年年末，假发做好了，客人亲自过来取货。他说是想遮掩自己的秃顶，可他在世时，包括妻子静子在内，任何人都没看见过他戴假发。这是怎么回事？这真是太奇怪了，我百思不得其解。

六郎死后，静子成为寡妇，我们之间的关系一下变得很亲密。我很自然地成了她的参谋和保镖。听说我曾为调查此事倾尽全力，还爬过天花板，六郎的亲戚也不便多言。甚至检察官系崎都旁敲侧击帮我说话，让我抓住机会，多去小山田家走动，多留意静子周围那些大大小小的事情。就这样，我成了小山田家的常客。

我在这个故事的开头提及，在博物馆初遇时，静子听说我便是她喜爱的推理作家，马上对我产生了很多好感。接下来在共同经历过那么多怪事后，我们的关系越来越亲密。事到如今，她自然会把我当成唯一值得依靠的人。我们现在每天都会相见，尤其是她的丈夫已经死了，我开始感受到她原本遥远、虚无、惨白的热忱与极度脆弱的性吸引力一起朝我涌过来，那样鲜活生动。

我曾在她卧室里看到一根外国造的小鞭子，欲望之火马上开始燃烧，一发不可收拾。我指着鞭子，若无其事地问："你先生学过骑马？"

起初，她不明白我是什么意思。等看见那根鞭子后，她的脸一下变得更加惨白，然后逐渐转红，最终变得好像熟透的苹果。她低声说："没有……"

我真是笨，现在才知道她脖子上那根又细又长的伤痕是怎么来的。细细回想起来，每回看见她的伤痕，我都觉得位置、形状跟上回不太一样。我曾为此感到困惑，但无论如何都想不到她丈夫竟有那种变态的喜好，那个秃顶男人明明看上去那么温和。其实这件事早就很清楚了，六郎死了一个月，她脖子上可怕的伤痕就消失了。总之，我这个猜想肯定没错，不需要她直接承认。可我得知此事后，竟觉得异常兴奋，不知是怎么回事。莫非我也有那种癖好，跟死去的六郎没有区别？

八

四月二十日，六郎去世刚好一个月。静子拜祭了死去的丈夫。当天黄昏时分，她请来我和他们夫妻的亲朋好友。这天晚上发生了两件让我毕生难忘、感触极深的事，它们原本一点关系都没有，却产生了一种仿佛命中注定的关联，让人无法置信。接下来，我就要谈到它们了。

客人们都走了以后，我跟静子并肩走在走廊上，继续商议那个秘密——寻找春泥。因为家里还有用人，我不便待得太晚，十一点左右就准备走了。静子从招呼站叫来一辆车，送我去玄关。我们并肩从走廊上经过，前边是开着几扇窗的院子。我们经过其中一扇打开的窗，静子忽然尖叫起来，紧紧抱住我，十分恐惧。

“出什么事了？”我惊讶地问她。

静子用一只手抱紧我，另一只手指着窗外。我以为春泥出现了，却什么都没看到，只听到院子的树丛里传来沙沙的声响，一条白狗从那里经过，很快消失不见了。

“不用害怕，是一条狗，一条狗而已。”我轻轻拍着静子的肩头宽慰她，不明白她为什么会这样。

静子用双手抱紧我，哪怕她明知窗外并无任何异常。我浑身上下都感受到了她身上的暖意，啊……我再也忍不住了，一下抱住她，主动吻住她丰满的嘴唇。她的嘴唇就像蒙娜丽莎，两排牙齿也轻轻打开了。她没有抗议，对我来说这究竟是幸运还是不幸？一种带着些许羞涩却舍不得松开我的力量从她抱住我的手上传来，这种感觉我直到现在还记忆犹新。

我们的负罪感因当天是拜祭死者的日子变得越发沉重。此后直到我坐上车，我和静子都缄默不语，甚至没有勇气看彼此的眼睛。

汽车开动后，我还对刚刚告别的静子恋恋不舍。她嘴唇的柔软还留在我炙热的嘴角上，她身体的温度还留在我乱跳的心上。我心里的喜悦像要飞到云霄，同时我又感到深刻的自责，这二者纵横交错，如同花样复杂的编织品。我几乎没留意到汽车行驶的方向和车窗外的风景。

可我的视网膜底部始终有个小玩意儿挥之不去，真奇怪。我随着车身的晃动思考静子的事，除了近在眼前的东西，什么都看不到。有样东西在视线中心晃来晃去，把我的注意力全都吸引了。最初看到那样东西时，我并没有在意。忽然，它好像刺激到了我的神经。

“我为何要在乎这个呢？”我一片迷茫，陷入了沉思。不久之后，我找到了此事的关键。我记忆中的东西跟现在视线中心的东西正好吻合，这也太巧了，我非常吃惊。

我眼前是一名司机，身材魁梧，穿一件薄薄的深蓝破外衣，弓着腰看着前方开车，一双大手在他厚实的肩膀前灵活掌控着方向盘。他那双粗大的手之所以会吸引我的注意，可能是因为戴了一双高档的手套，跟他本人显得格格不入，那还是一双很厚的手套，跟当前的时节同样显得格格不入。可是手套上装饰的纽扣才是关键。我终于发现，我在小山田家的天花板上发现的磨砂金属纽扣原来是手套上的装饰。在检察官系崎面前，我提到过这个小金属纽扣，可惜我当时没把纽扣带过去，而且我们并不怎么在意凶手留下的东西，因为我们一早就断定大江春泥便是凶手。眼下，纽扣还在我的背心兜里装着。我从未想过纽扣会是手套上的装饰，可凶手为了不留下指纹，戴了手套，没留意到上面的装饰掉了，这种推测细想之下，不是很合理吗？

我看到司机手套上的装饰纽扣，除了醒悟到我在天花板上捡到的是什么东西外，还掌握了更多线索。两种纽扣的形状、颜色、大小都很相像，而且司机右手手套上的纽扣只剩下底座，主体部分不知所终。若我在天花板上捡到的纽扣跟这个底座刚好相配，这意味着什么呢？

“哎，哎，我能瞧瞧你的手套吗？”我问司机。

我忽然提出这样的要求，司机觉得很奇怪，但他还是减慢车速，摘下手套，递到我手上。我看到另外那个完整的纽扣上有字母浮雕，是R.K.BROS.CO.，跟我捡到的纽扣上的字母一模一样。我大吃一惊，并心生恐惧。

把手套递给我之后，司机继续开车，没事人一样。我看着他魁梧的后背，脑子里除了一个疯狂的念头外，别无他物。

“大江春泥……”我嘟囔道，司机应该能听清我在说什么。我一边说一边注视着司机在驾驶位上面的小反光镜里的脸，那张脸当然一点变化都没有。我这个疯狂的念头实在愚蠢，再说了，大江春泥也不会效仿罗宾[1]。

我坐车回到家，另外给了司机一些钱，问他：“你手套上的装饰纽扣是什么时候掉下来的，还有印象吗？”

“纽扣？本来就没有。”司机露出奇怪的表情，“别人送了我这副手套，他自己不能戴了，因为手套虽新，却掉了颗纽扣。送我手套的是小山田先生，他刚刚去世了。”

“小山田先生？”我很吃惊，睁大双眼，接着问他，“就是我们刚刚告别的小山田家的那位先生？”

“没错。他是我的老主顾，他在世时经常让我送他上下班。”

“你最开始戴这副手套是什么时候？”

“天还很冷时，他把这副手套送给了我。这么高档的手套，我没舍得

[1] 法国作家莫里斯·勒布朗（1864—1941）笔下的侠盗亚森·罗宾。——译注

马上戴。今天是我第一次戴，我原先那副手套坏了，不戴手套开车，手容易在方向盘上打滑。您问这些做什么？”

“没事，不过是一点小问题。你能把这副手套卖给我吗？”

为了得到这副手套，我花了不少钱。回家后，我拿出在天花板上捡到的纽扣一对比，二者的确完全相同，我捡到的纽扣跟底座也刚好配套。如果说这纯属巧合，也太不合情理了。大江春泥戴过有这种装饰纽扣的手套，小山田六郎也戴过，而且前者手套上掉落的纽扣刚好跟后者手套上残留的底座完全配套，这真的只是凑巧吗？

随后，我带着手套来到银座的泉屋洋货屋，这是本市同类店铺中最好的。我请店内人员帮忙看看这副手套。他们说，手套多半是英国制造的，在日本非常少见。我还了解到，R.K.BROS.CO. 公司并未在日本设立分公司。想到前年九月之前，六郎一直在外国工作，我断定手套应该是六郎的，而且是他把纽扣掉在了天花板上。

“这是怎么一回事呢？”我抱头伏在桌子上，“这意味着……意味着……”我自言自语说个不停，逼迫自己集中精力找到一个站得住脚的理由。

我很快产生了一个奇异的念头。山之宿町又窄又长，沿隅田川伸展开来。小山田家位于此处，当然紧靠着河流。我在小山田家时，曾多次从小洋楼窗前朝隅田川那边张望。然而，到了这时，我好像才意识到这一点，从中找到了新意义，并从这新意义中受到刺激，这是怎么回事呢？

忽然，一个庞大的字母 U 出现在我混乱的头脑中。U 左上端是山之宿町，右上端是小梅町，跟六郎下棋的朋友就住在那里。吾妻桥刚好位于 U 底端。我们原本认为案发当晚，六郎是从 U 右上端出发，走到 U 底端左侧时被春泥杀死的。可是河水的流向呢？隅田川是从 U 上端往下端流，尸体被扔进河里后，不应该停在原地不动，而应该从上游顺流而下漂到吾妻桥下的码头，卡在那里。

尸体是顺流而下漂过来的……尸体是顺流而下漂过来的……那它最初在哪里？这桩命案是在哪里发生的？我开始胡思乱想，无法自拔。

九

接连几个晚上，我都在想这件事，它对我的吸引力甚至超过了静子。我深陷在这神奇的胡乱思想中，似乎忘记了静子。为了核实一些事，我去找过静子两次。每次一打听到真相，都会马上告辞回家。静子应该会觉得奇怪，总是带着悲哀、孤独的神色送我到玄关。

我利用五天的时间编造了一个看似全无意义的构想。我据此写了一份建议书，准备交给检察官系崎。现在我稍微修改一下这份建议书，抄录在此，这样就不需要重新描述了。若我没有推理小说家的想象力，多半是编不出这些来的。之后，我才明白这其中另有深意。

（前略）所以得知在静子客厅天花板上找到的金属小玩意儿可能是小山田手套上掉下来的装饰纽扣时，我心中那些长久无法找到答案的疑问便纷纷涌出，好像都要为此事提供证明。其中包括尸体戴着假发；假发是死者亲自定做的（我也可以解释尸体为何会赤身裸体）；平田在死者死后，再未寄来恐吓信；六郎是个恐怖的性虐待狂（这种特质大多不会从外表上表露出来）；等等。这些情况好像全都是偶然，但全都指向一个结论，只要认真想想就能明白。

为了使我的推理更加有理有据，我发现上述情况后，马上开始搜集证据。首先，我来到小山田家，经夫人静子的允许进入死者的书房，做了一番调查。

要了解一个人的性格和秘密，书房是最好的调查对象。我在夫人不解的注视下，用近半天的时间反复搜查了所有书橱、抽屉。不多时，我发现书橱中只有一个是锁着的。我问夫人钥匙在哪里。夫人说，六郎把钥匙拴在怀表上，一直带在身上。案发当晚，他将钥匙放在腰带里带走了。我没有法子，只能说服夫人砸锁打开书橱。

六郎几年来的日记、几袋文件、一摞信、书等，都装在这个书橱里。认真翻查过后，我找到了三份跟此案有关的文件。第一份是跟夫人静子结婚那年六郎写的日记，其中用红墨水在婚礼前三天的日记旁写了这样一番话：

（前略）我已了解到那个叫平田一郎的年轻人跟静子有过亲密关系。不过，静子后来很讨厌他，无论他做什么，她都不肯再回应。最终，她利用父亲破产的机会，从他的世界消失了。事情到此为止，这些都已成为过去，我不打算再追究了。

原来一开始结婚时，六郎就借助某种途径知道了夫人的秘密，却从未向夫人提起。

第二份文件是大江春泥的短篇小说集《天花板里的游戏》。小山田六郎作为一名实业家，书房里竟会出现这样一本书，真叫人大吃一惊。我疑心是自己看错了，直到静子夫人提到，六郎在世时非常喜欢看推理小说。这本短篇小说集的扉页上印着春泥的珂罗版[1]肖像，版权页上还有作者的原名平田一郎，这点需要留意。

[1] 在涂过感光胶层的玻璃片上晒制底片，制成的字画复制品。——译注

第三份文件是博文馆发行的杂志《新青年》第6卷第12号。其中并未刊登春泥的小说，但扉页印着半页原稿的照片，跟原件同等大小，并在空白的地方写明："大江春泥笔迹。"对着光观察这张照片，会发现这张厚纸上隐约有不少横七竖八的线条，好像用指甲抓出来的，真是奇怪。唯一可能的推测是，有人曾用铅笔照着这张原稿反复临摹春泥的笔迹。我的想象逐一得到证实，这让我深感恐慌。

当天，我请求夫人把六郎回国时带来的手套找出来。夫人花了很长时间才找到一副手套，跟我从司机处得到的完全相同。在把手套给我时，夫人满脸困惑，说还有一副手套怎么都找不到了，真是怪事。

日记、短篇小说集、杂志、手套、在天花板上找到的金属纽扣，所有这些我都能随时出示作为证物。除了这些，我还调查了一些事。就算抛开这些事，只通过以上情况也能推导出小山田六郎是个可怕的性虐待狂，是个藏在老实本分外表下的扭曲的怪物。

先前我们一直抓着大江春泥这个名字不放，但我们本不应执着于这一点，不是吗？我们一开始就根据大江春泥血腥的小说、反常的生活方式等判定这些奇怪的举动必然出自他之手，这个结论太武断了，不是吗？把自己藏得这么严实，一点蛛丝马迹都不露，大江春泥是怎么做到的？若他果真是凶手，这不是太奇怪了吗？正因为他根本不是凶手，他只是生来厌恶与人交往（他对外人的厌恶随着他名气的提升而增加），选择了隐居世外，我们寻找他才会这么困难。他可能像您说的那样，已经逃离了日本，可能正打扮成中国人，在上海哪个街角悠闲地抽水烟。如果他没有离开日本，他又的确是凶手，那他花费这么多年才制订了如此缜密的报复计划，却在杀了六郎后，一下停手了，好像报复了一个次要的对象，就把最重要的对象遗忘了，这是怎么回事呢？要怎么解释才能说得通呢？任何人若读过他的作品、知道他的习惯，都会觉得他这样做实在太反常了。

还有一个更加显而易见的事实，就是春泥如何把小山田手套上的装饰纽扣丢到了天花板上？手套是外国货，在日本很难买到，而且六郎送给司机的手套刚好也掉了一颗装饰纽扣，非要说是大江春泥而非小山田六郎偷偷藏在天花板上，未免太不合乎情理了，不是吗？您可能会说，如果真是六郎干的，他却随手把这么关键的证物送了人，这又怎么解释呢？我会在之后详细解释此事。从法律角度说，六郎的行为并未违法，他不过是在玩变态的性爱游戏。对他来说，手套上的装饰纽扣丢在天花板上根本无关紧要，他用不着像罪犯一样担心纽扣会变成证物。

六郎的日记、春泥的短篇小说集、《新青年》杂志和六郎书房上了锁的书橱，这些同样能证明春泥不是罪犯。书橱只有一把钥匙，六郎又时刻带在身上。这说明是六郎在玩这个阴毒的游戏，退一步还能说明春泥无法伪造这些证物，放进六郎的书橱嫁祸他。因为要伪造日记是不可能的，况且除了六郎，任何人都无法打开书橱。

于是，让人预想不到的结论出现了，我们原先非常确定的凶手大江春泥也就是平田一郎，其实从一开始就跟这件事一点关系都没有。小山田六郎用种种惊人的手段骗过了我们。小山田表面看来是个有钱的绅士，实际却怀揣着这种阴毒、幼稚的念头。我们无法想象，在外面，他是那么老实宽厚的人，到了卧室，竟会变成令人厌憎的魔鬼，不断用外国制造的马鞭鞭打可怜的静子夫人。然而，很多人都同时兼具谦谦君子和歹毒魔鬼两张面孔，平日越是老实宽厚的人越容易拜入魔鬼门下，不是吗？

我是这样想的，小山田六郎大约四年前到欧洲出差，在两三个城市逗留了两年左右，其中大多数时间在伦敦。他应该就是在那段时间养成了恶习，一发不可收拾（从碌碌商会的职员那里，我打听到他在伦敦的一些风流事）。前年九月，他回到日本，把这种恶习也带回了日本。他开始肆无忌惮地对此前深爱的静子夫人发泄。去年十月，我第一次见到静子夫人，就看到她脖子上有恐怖的伤痕。

一旦养成这一恶习，就永远无法摆脱，好像吸毒上瘾。而且症状还会迅速恶化，需要不断寻求从未尝试过的更强烈的刺激。显然，他昨天玩过的花样，今天就会厌倦，今天玩过的花样，明天又会失去兴趣。所以除了发疯般寻找更新鲜的刺激，他别无选择。

可能就在这时候，他在机缘巧合下听说了大江春泥的《天花板里的游戏》。他很想读读这篇小说，因为他听说其情节有别于普通小说。就这样，他找到了一个奇妙的知己、有着相同喜好的志同道合者。他那本大江春泥短篇小说集磨损得很厉害，可见他翻来覆去读过很多遍。在这部短篇小说集中，春泥多次谈及暗中窥视独处之人（尤其是女人）的感觉有多奇妙。六郎此前可能从未意识到这点，受此影响，他开始效仿小说主角爬到家里的天花板上做游戏，窥视夫人静子独自一人时是什么样子。

小山田家从外面的大门进入玄关，要走很长一段路。六郎回家后可以很容易地避开用人，藏进玄关旁的储藏室，从天花板爬到客厅窥视静子。我还猜想，六郎可能就是为了隐瞒这个游戏，才总是在黄昏时去小梅町的朋友家下棋。

此外，六郎在反复阅读《天花板里的游戏》时，看到了版权页上的作者原名。他是否会疑心静子当初甩掉的情人就是这个春泥呢？若真是如此，平田一郎当然会对静子恨之入骨。六郎就此开始搜集跟大江春泥有关的新闻和传言，最终确定春泥便是静子当年的情人。他还发现春泥极度反感与人交往，已隐居世外，不再创作小说。即通过阅读《天花板里的游戏》这本书，六郎找到了跟自己有着相同癖好的知己，并找到了对妻子满怀仇恨的旧情敌。六郎便根据这些，设计了一个恐怖的玩笑。

他通过暗中窥视独处的静子，满足了自己的好奇心。不过，要让他这个性虐待狂得到满足，这种不痛不痒的游戏是不够的。他的想象力如此敏锐，他便用它来寻找残酷更胜鞭打的游戏。最终，他想到了一种崭新的游戏，冒充平田一郎写恐吓信。他利用《新青年》杂志第6卷第12号扉页上刊登的春泥原稿的照片，努力模仿春泥的笔迹，以便增加这个游戏的趣味性和真实性。这点能从扉页上留下的铅笔痕迹中得到证实。

隔几天，六郎就会到不同的邮局去，寄出他冒充平田一郎写的恐吓信。这对他来说很简单，他可以利用出去谈生意的机会把信投进路过的邮筒。他根据报纸杂志上对大江春泥的报道，大致掌握了此人的人生经历，编造了那些恐吓信。而他利用在天花板上窥视时的发现，以及她丈夫的身份，很容易掌握静子的各种活动，一一记录在信里。即同床共枕时，他跟静子聊着天，同时又把静子的言语、动作记在心里，假装是春泥暗中窥视时的发现，记录在信中，这简直太恐怖了！他就这样假冒别人给妻子写恐吓信，从这种近乎犯罪的活动中得到了快乐。而他对藏在天花板上窥视妻子读信时的恐惧，同样感到异常兴奋。那段日子，他对妻子的鞭笞应该还在继续。因为他去世后，静子脖子上的伤才彻底消失了。他不是因为仇恨，而是因为宠爱，才对妻子做出这种残酷的举动。对于这种变态之人的心理，您应该有充分的了解，不需要我做额外的说明。

这便是我对小山田六郎才是恐吓信始作俑者的全部推理。可这原本只是性变态之人的玩笑，何以会发展成残酷的谋杀？且被谋杀的竟是六郎，不仅如此，他还戴了一顶怪异的假发，浑身赤裸，漂到了吾妻桥下，这是怎么回事呢？是谁刺伤了他的后背？要是此案跟大江春泥一点关系都没有，那有没有别的罪犯呢？类似的问题您应该能提出很多。我有必要继续我的推理，对这些问题做出解答。

简单说来，可能是小山田六郎的恶行超出了限度，神明再也无法容忍，便用这种方式惩罚了他。六郎的死是他自己的过失造成的意外，不是犯罪，没有凶手。您一定会问，那他的后背是怎么受伤的？我随后会解释此事，现在请允许我先说明我的推理。

我的推理是基于他的假发。您应该还记得，三月十七日，我爬上天花板检查的第二天，在我的建议下，静子为免继续被窥视，搬到小洋楼二楼就寝。静子是怎么说服她丈夫的，六郎又为何会被她说服，我并不清楚。反正六郎从那以后就不能躲在天花板上窥视了。不过可以想象，六郎可能已对这种游戏生厌，改到小洋楼上就寝时，他可能又想到了新花样。我这种推测的依据是假发。去年年末，他就定制了那顶假发。由此可见，他当时是有别的用处，不是为了这个恶作剧，岂料这个恶作剧却刚好用到了这顶假发。

在《天花板里的游戏》一书扉页，他看见了春泥的照片。听说这是春泥青年时代拍的，一头黑发十分浓密，跟秃顶的六郎完全不一样。若六郎不想继续躲在恐吓信、天花板后吓唬静子，想假扮大江春泥来到静子身边，把静子对春泥的畏惧变成亲眼所见，而非只停留在想象中，那很明显最有效的方法就是从窗前迅速闪过。六郎将由此感受到无比的兴奋。要执行该计划，首先要考虑的一点是把秃顶这一显而易见的特征遮掩起来，最好的方法是佩戴假发。戴上假发后，从漆黑的窗外迅速闪过（这样效果更好），这样就大功告成了。静子会大受惊吓，绝不会认出窗外的人其实是六郎。

当天晚上（三月十九日），六郎从小梅町的朋友家下完棋回家，看到院门大开，就偷偷从院子绕到小洋楼一楼的书房（静子说他一直把书房、书橱的钥匙带在身上）。在黑漆漆的书房中，他戴上假发，小心翼翼不让静子听到动静。然后，他出来攀着院子里的树爬到小洋楼的房檐上，又爬到卧室窗下，透过百叶窗缝向里窥视。于是，静子便看见了一张人脸出现在窗外。

那六郎是怎么死的呢？我不得不在解释这件事之前，先说明一点。我对六郎起疑心后，曾去过小山田家两次，走进那座小洋楼，从房内向窗外张望。复杂的情况我就不说了，您只要亲自过去看看就明白了。卧室的窗正好对着隅田川，窗下便是小山田家的院墙。院墙和小洋楼的墙壁中间约莫只有一人宽，基本相当于探出的房檐宽度。院墙就建在陡峭的悬崖边。河面距离院墙大约四米，院墙距离二楼的窗户大约两米。所以六郎要是不小心在窗户下面踩空了掉下来，很有可能会掉到院墙上，然后掉进河里。在非常幸运的情况下，他会掉进院墙里面，但六郎显然掉进了河里。

起初，我考虑到隅田川的流向。我觉得更加合理的解释是尸体是从上游顺流而下漂到了发现尸体的码头，而不是凶手在码头附近丢弃了尸体。小山田家的小洋楼外就是隅田川上游，即吾妻桥上游。我由此想到，六郎也许就是从卧室窗前掉下去的。可有一点让我百思不得其解，就是六郎不是淹死的，而是被利器刺中后背而死。

我忽然想起南波奎三郎[1]的《新犯罪搜查法》中提到了一个非常相近的案例。在创作推理小说时，我时常以这本书作为参考，对其中的内容非常熟悉。这个案例是这样的：

大正[2]六年五月中旬，滋贺县大津市太湖汽船株式会社的防波堤旁出现了一具男性浮尸，其头部被利器所伤。法医确定其死因是被刀割伤头部，然后被抛进水里，腹部存有积水。这是一起严重的刑事案件。警方马上展开调查，但始终查不出死者的身份。过了几天，一封请求信寄到大津市警署，写信者是京都上京区静福寺金箔商人斋藤，他请求帮忙寻找雇工小林茂三（二十三岁）。警方得知失踪的小林茂三跟此案遇害者刚好穿着相同的衣服，马上让斋藤过来。斋藤确定死者正是小林茂三，并确定死因是自杀，而非他杀。死者偷了老板很多钱，全都花光后，留下遗书出走。死者头上类似于刀伤的伤口，其实是从船尾跳水自杀时撞到转动的螺旋桨留下的。

若不是想起了这个案例，我可能不会萌生以上这些天马行空的念头。

[1] 日本检察官，著有多种刑侦著作。——译注

[2] 大正是日本天皇嘉仁（1879—1926）在位时的年号，从1912年延续至1926年。——译注

然而，现实大多比作家的想象更荒诞，很多看起来绝无可能的反常之事偏偏是真的。只是这件事跟上面的案例有少许差别，死者腹部并没有积水，且凌晨一点，隅田川极少会有汽船开过。

既然如此，是什么造成了六郎后背深及肺部、宛如刀伤的伤口？是小山田家水泥院墙顶端的碎玻璃。您应该在大门两侧的院墙上看到过碎玻璃。这种防盗用的碎玻璃有些大到足以造成深及肺部的致命伤口。要说六郎在窗前踩空摔下来时跌到了碎玻璃上，身受重伤，因此丧命，也是合理的推测。至于六郎这个伤口旁为何还有很多比较轻微的伤口，这下也清楚了。

六郎就这样因为自身放纵的癖好，不小心一脚踩空，掉到院墙上身受重伤，然后掉到隅田川，顺流而下漂到吾妻桥码头厕所下死去，死得颜面尽失，却咎由自取。

我的长篇大论就此结束，大概情况已说清楚。另外还有几点在此解释一下，六郎死去时为何全身赤裸？因为很多流浪汉、乞讨者、刑满释放者都混迹于吾妻桥附近。若夜深时分，有人拿走了死者身上的贵重衣物（案发当晚，六郎身穿大岛和服夹衣、盐濑短褂，还佩戴着一只白金怀表），事情就说得通了。（之后，警方抓捕了一个偷衣服的流浪汉，证明我的假设成立。）至于在卧室中的静子为何没发觉六郎从楼上掉下去了，请您设身处地想象一下，当时她非常恐惧，神经紧绷，又在密封的水泥洋楼上，窗户跟河面有相当一段距离，且经常有通宵工作的运泥船从隅田川上划过，人落水的声音极易跟划船的声音混淆。另外明确一点，此事并无半点犯罪意图，只是个恶作剧，哪怕闹出了人命（这是任何人都不想看到的），这点仍不会改变。否则六郎不会把证物手套送给司机，直接用自己的名字定制假发，将重要的证据随随便便放在书房一个随手一锁的书橱里。（后略）

我从建议书上抄录了上述内容放在这儿，这就是我的推论。若少了这部分内容，大家将很难理解我随后要说的内容。在建议书中，我谈到此事从头到尾都跟大江春泥无关，这是真的吗？若是真的，那我前面为描绘此人用了那么长的篇幅，不都浪费了？

十

写完这份建议书后，我准备送去检察官系崎那里。建议书上写明了日期四月二十八日。写完后第二天，我来到小山田家，想先给静子看一看，让她放下心来，不要再为虚无缥缈的凶手大江春泥惶恐不安。在对六郎生出疑心后，我曾两次到小山田家，却没有向她做出丝毫解释，一门心思搜查。

那时候，为了六郎的遗产分配问题，很多亲戚围在静子身边争执不休。几乎无人可以求助的静子对我更加依赖。这次我来到她家，她马上高高兴兴把我带到客厅。

我急切地告诉她："静子，不必再担心了，从头到尾没有大江春泥这个人。"

静子大吃一惊，不明白我在说什么，这很正常。我看到她满脸困惑，楚楚动人，就给她念了那份建议书，一如我过去给朋友念我写好的推理小说草稿。我念建议书不仅是想让她明白整件事，就此放心，也是想让她帮我找出草稿中的不足，做出修改。

对她来说，把六郎的性虐待癖好直接说出来是很无情的。她红着脸，简直无地自容。到了手套那部分，静子说："我也很奇怪为什么找不到另外那副手套了，同样的手套明明有两副。"

到了六郎过失导致自己死亡的部分，静子惊讶得面色惨白，张口结舌。

我读完建议书时，她依旧满脸困惑，连声感叹。不过，她最终还是露出了放心的表情。这应该是因为她发觉大江春泥的恐吓信是假的，自己没有生命危险，再也不必担惊受怕。我还冒昧地猜测，得知六郎之死是自作自受，她对我们这种不正当关系的自责感减轻了，更加放下心来。“那个人这样对待我，我也就……”这种能帮自己辩驳的理由应该会让她高兴。

刚好到了晚饭时间，静子拿出洋酒招待我。也不知是不是我想多了，我感觉她很开心。我的建议书得到了她的肯定，我自然也很开心。在她的劝说下，我一杯接一杯喝着酒。我的酒量并不好，很快涨红了脸。然后，我莫名其妙变得情绪低落，不再多说什么，静静注视着静子。她最近憔悴了很多，可她本就面色苍白，而她柔软且富有弹性的身体、内心如同鬼火般狂热的激情产生的神奇吸引力犹存，她那件老式法兰绒衬衫突显出的凹凸有致的身体更展露出一种从未有过的妖媚。在衣服的包裹中，她的身体扭来扭去。我看着这一幕，隐约想象到她衣服下美丽的裸体，不由得心潮起伏。

我们就这样说了一会儿话。借着酒劲儿，我有了一个相当美好的计划，到一个隐秘的地方租下一座房子，我和静子在那里约会独处。女用人出去后，我准备马上把这个污秽的计划说给静子听。我一下拉过静子，第二次亲吻她。我的手慢慢抚摸着她的后背，指尖触碰到她的法兰绒衬衫，感觉很舒服。我的嘴凑到她耳边，低声说出我的计划。我如此粗鲁，她却没有拒绝，还微微点头答应下来。

随后的二十多天，我们频频约会，翻云覆雨，宛如噩梦，我都不知道该怎么记下这段经历。在根岸的御行松河岸边，我租了一座带有仓房的老式房屋，请旁边一家杂货铺的老太太帮忙看门。我和静子到那里约会，一般是在中午时分。我生平第一次对女人的热情和强大力量有了切身体会。我和静子有时像回到了小时候，在如同魔幻世界的老屋中做游戏。俩人像猎狗一样伸着舌头，喘着粗气，耸着双肩，互相追逐打闹。我快要抓住她时，她就扭动身体，像海豚一样灵巧地摆脱我的双手。我们互相追来追去，拼尽全力，最后都精疲力竭，互相拥抱着倒下去，像死了一样。我们有时会在黑乎乎的仓房里逗留一到两小时，一句话也不说。如果有人躲在仓房外，可能会听到一个女人在不停地抽泣，还有一个男人也在发出低沉的哭泣声。

可我写这份记录不是为了记下这些男女之事。若我之后想把此事改写成小说，可能会对这些男女之事做出详细描述。接下来我要说的是静子就六郎的假发说的一些话。假发的确是六郎特意定制的。对于自己的秃顶，六郎十分敏感，为了在跟静子交欢时遮掩丑陋的头顶，六郎坚持要定制这顶假发。静子笑着阻止他也没用。

“你之前怎么没提起这件事？”我问。

“我不好意思说。”静子答道。

二十几天过去了。我觉得这么久不去小山田家会惹人注意，又去那里拜访。我见到静子，跟她一本正经说了大约一个小时的话。然后，我告辞了，静子像往常一样帮我叫了车。司机刚好是上次卖手套给我的青木民藏。我再次进入了那个奇异的白日梦。

他用跟一个月前一样的姿势握着方向盘，挺直肩膀，依旧穿着那件薄薄的深蓝破外衣（直接套在衬衫上）。前面的风挡玻璃和上边的后视镜也跟一个月前没有任何区别。只是他戴了另外一副手套。我由此生出奇异的感受，想到上次我曾叫司机“大江春泥”。有关大江春泥的各种事情，包括他的照片、他奇怪的小说情节、匪夷所思的生活方式等，忽然全都在我脑海中浮现出来，真是奇妙。我甚至开始疑心身旁这个人就是大江春泥。我在刹那间变得神志不清，说了些奇怪的话：“哎，哎，青木！小山田先生把那副手套送给你是什么时候？”

“你说什么？”跟一个月前一样，司机满眼疑惑不解，扭头看看我，“嗯……是去年，好像是十一月……我记得很清楚，是月末，我到账房领工资，还得到了不少东西，那天是十一月二十八日，我敢肯定。”

“哦？十一月二十八日，你肯定？”我像在梦呓，仍未清醒过来。

“先生，您总是问那副手套的事，那副手套怎么了？”司机笑着问。

我没说话，看着风挡玻璃上的灰尘发呆。汽车继续开出四五百米远，我一下直起身来，抓着司机的肩膀大叫：“哎，你说的是真的？到了法官那里，你也能确定那天是十一月二十八日吗？”

汽车扭动起来，司机急忙把住方向盘，把车稳住。

“您说去见法官？您可不要吓我。可那天肯定是十一月二十八日没错，我的助手当时也在那儿，他能帮我做证。”他说得很认真。

“马上把车开回去。”

司机满脸惊慌，但还是照我的意思，开车回到小山田家门口。

汽车停下后，我马上跑到玄关，抓着一个女用人问：“去年年末大扫除，是不是把日式房间的天花板全都拆下来用碱水清理了一遍？”

之前说过，静子曾在我爬上天花板时提到过这一情况。女用人注视着我的脸，以为我疯了。她说：“没错，请来了清洁公司的人帮忙，但用的是清水，不是碱水。那一天是十二月二十五日没错。”

“所有房间的天花板都没落下吗？”

“没有，一个都没落下。”

静子可能听见了我跟女用人在说话，从里面出来，走到玄关，忧心忡忡看着我问：“出什么事了？”

我复述了刚才的问题，静子做出了跟女用人完全相同的解答。我简单说声告辞，匆忙上车让司机送我回去。坐在座椅深处，我又开始自己擅长的自由想象。

去年十二月二十五日，小山田家日式房屋的天花板全都拆下来清理了一遍，说明在那以后，那个装饰纽扣才被丢到天花板上。可是十一月二十八日，小山田已经把手套送给了司机。之前也提到，手套上掉落的纽扣之后的确掉到了天花板上，即这个纽扣在掉下来之前就消失了。这也太神奇了，就跟爱因斯坦的物理学实验一样。这到底是怎么回事呢？我开始集中精力思考。

为了慎重起见，我又去车库跟青木民藏见了一面，还询问了他的助手同样的问题。助手确定那天是十一月二十八日没错。其后，我找到负责清理小山田家天花板的主要工作人员，得知清理的日期的确是十二月二十五日。清理人员还说，天花板上不可能留下任何东西，因为他们把每块天花板都拆下来清理了一遍。

既然如此，若一定要说是小山田把纽扣丢到了天花板上，就只能推测纽扣掉下来时，小山田将其装进衣兜，接着忘了此事。随后，小山田把手套送给了司机，因为觉得手套在自己这里派不上用场了。过了一个月或三个月（二月，静子开始收到恐吓信），小山田爬上天花板时，衣兜里的纽扣刚好掉到天花板上。可这种推测很不合理，因为手套上的装饰纽扣不是放在外衣衣兜里，而是放在内衣衣兜里，这一点本身就非常奇怪（手套通常都是放在外衣衣兜里，但小山田爬上天花板时，应该不方便穿着外衣，更别说西装外衣了）。更何况小山田那么富有，应该不至于整整一个冬天过去了，还穿着同一件衣服。

整件事又彻底颠倒过来，大江春泥再度成为嫌犯。莫非小山田是性虐待狂这种酷似侦探小说的线索让我做出了荒谬的推测？（可他的确曾用外国制造的马鞭鞭打静子。）如此说来，小山田的死因是他杀？

大江春泥，哦，这头怪物再度闯入我的内心。

这个念头让所有事情都变得可疑了。仔细想来，我仅仅是个靠想象写小说的作家，却轻易构建出了建议书中那样复杂的推理，未免太荒谬了。我隐约感觉到，建议书中存在巨大的漏洞。这段时间，我迟迟没有重新抄录建议书，将其送出去，而是一心沉溺在跟静子的欢好中，莫非是因为我早有预感，建议书中有漏洞？真庆幸我没送出建议书。

细细想来，此事的证据如此完整，好像准备好了一样，我一到小山田家，轻而易举就找到了。一个侦探得到过多的证据，就要提高警惕，这是大江春泥在小说中的话。第一点，那些恐吓信的笔迹跟大江春泥那么相像，要说是六郎伪造出来的，很没有说服力。笔迹也许可以模仿，但行文风格怎么模仿？本田说过，旁人很难模仿春泥的行文风格。作为一名实业家，六郎怎么可能把那种特征性极强的风格模仿得惟妙惟肖？春泥有篇短篇小说叫《一枚邮票》，现在我才想起来。其中描述了一名医学博士的太太，患了歇斯底里症，对丈夫心怀怨恨，因此写了些字条，装成是丈夫模仿自己的笔迹写的，诬陷丈夫杀人。在这件事上，春泥会不会采用同样的手法诬陷六郎？

从某个角度说，这件事就像汇总了春泥小说中各种精彩桥段。比如从天花板上窥视、用装饰纽扣作为证物都取材于《天花板里的游戏》；模仿春泥的笔迹取材于《一枚邮票》；静子脖子上的伤痕暗示其丈夫有性虐待的癖好取材于《D坂杀人案》。而碎玻璃造成的伤口、尸体赤身裸体漂到厕所下面，使这起案件更从头到尾都弥漫着大江春泥独有的气息。若说这些都是巧合，未免也太过凑巧了？大江春泥的阴影在整件事情的发展中无处不在。我感觉自己像在大江春泥的操纵下，编出了符合他意愿的推理。更有甚者，我感觉他好像就附着在我身上。

春泥一定藏在某个地方旁观事件的发展，一双眼睛宛如毒蛇。我这样怀疑是一种直觉，并无理智作为基础。只是大江春泥到底在什么地方呢？

我躺在被子上苦思冥想。接连数日天马行空的想象让我这种强壮的人都感到疲倦。我不由自主睡着了，做了个奇怪的梦。等再醒来时，我想到了一件怪事。

虽然已是深夜时分，我还是给本田家打了电话。

“你曾提到大江春泥的老婆长了张圆脸，有这么回事吗？”我连个招呼都没打，直接问出这样的问题。

本田不明所以，说：“哦，我是提到过。”停顿一下，他听出是我，声音马上变得十分困倦。

“她还总是留着西洋发式？”

“哦，是的。”

“戴着眼镜？”

“哦，对。”

“装了金牙？”

“是的。”

“还总是牙痛，脸上贴着治牙痛的膏药？”

“真是什么都瞒不过您，您见过她？”

“没有，是从樱木町一带的住户那里打听到的。你见到她时，她也在牙痛吗？”

“哦，每次都在牙痛，可能生来牙就有问题。”

“膏药贴在右脸上？”

“记不清了，可能是右脸。”

“可是一个年轻女人梳着西洋发式，却在脸上贴上如今没人再贴的老式膏药，好像有些古怪。”

“你说得没错，老师。可是您问这些做什么？您找到线索了？”

“是的。以后若有时间，我再跟你细说。”

我用这种方式向本田核实了之前打听到的情况，以免出什么差错。

接下来，我在稿纸上画出各种图形，写出各种文字、公式，好像在做几何题。我写写擦擦，反复折腾到黎明。

十一

正因为这样，我接连两天都没有写信约会静子。这件事先前一直由我主动，但静子可能是着急了，主动写信邀请我明天下午三点一定要去老屋跟她相见，还在信中抱怨："了解到我是个放浪的女人，您就开始厌恶我，畏惧我了？"

我收到信，不知何故，一点都不想去跟她见面。不过，我还是准时赶到了御行松那座魔幻的老屋。

已是六月，梅雨季节即将开始。灰暗的天空压下来，就要压到地上了，让人呼吸困难。我从电车上下来，在这闷热的天气下走了三四百米，腋下、脖子上都是汗。我伸手摸一下，发现富士绸衬衣被汗湿透了。

我赶到之前，静子先到了，坐在仓房的床上等我。仓房二楼铺了地毯，放着一张床、几把长椅、几面大镜子。这是我们做游戏的地方，我们极力装点了一番。地毯、床褥全都是静子买来的精美的高价货，我劝静子不要买，她不肯听。

静子坐在雪白柔软的床垫上，身穿华美的结城丝绸单衣和服，腰间系着带梧桐叶绣花的黑缎带，头发梳成美艳的圆形发髻。在昏暗的房间里，西洋家具和她传统的日式打扮形成了鲜明的对比。看着眼前梳着油光水滑的圆形发髻的未亡人，我立即想到另外一个妖媚、放浪的女人：她的发髻松了，刘海乱糟糟垂在额头上，脑后的头发汗湿了，胡乱缠在一起。她每次都要对着镜子整理半个小时的头发，才能离开这个幽会地，回到小山田家。

“几天前，您过来问年末大扫除的事，是不是出什么事了？当时，您看起来惊慌失措。您这样做有何目的，我怎么想都想不明白。”静子看到我进来，开门见山地问。

“想不明白？”我一边脱掉上衣一边说，“了不得，我犯了一个了不得的错误。十二月末清理天花板，而在一个月前，小山田手套上的纽扣就掉下来了。司机告诉我，他得到那副手套是十一月二十八日，在此之前，手套上的纽扣应该已经掉了。如此一来，事情的前后顺序都颠倒过来了。”

“啊，”静子好像还不明白发生了什么事，露出吃惊的神色，“纽扣要先从手套上掉下来，接着才会掉到天花板上吧。”

“二者之间的时间很有问题。真奇怪，小山田爬到天花板上时，纽扣掉下来了，却没掉到天花板上。也就是说，通常说来，纽扣从手套上掉下来后，马上就会掉到天花板上。但这颗纽扣从手套上掉下来后，隔了几个月才掉到天花板上。要用物理学原理说明这件事，是无论如何都说不通的。”

“没错。”静子面色发白，像在思考什么。

“有一种解释也许能站得住脚，就是从手套上掉下来的纽扣被装进了小山田的衣兜，过了几个月才不慎被丢在天花板上。可小山田去年十一月穿的衣服，到今年春还在穿，这有可能吗？”

“没可能。我丈夫年末就会换上更厚更暖和的衣服，他是那种相当讲究的人。”

“所以这件事非常奇怪。”

“你的意思是……”她倒吸一口凉气，“还是平田……”她后半句话没说出来。

“没错。这件事有着强烈的大江春泥的气息，我不得不推翻建议书上的推理。”

我简单向静子解释了一下，此事几乎相当于大江春泥小说的桥段汇总，证据太完整了，伪造的恐吓信也太像真的了。

“你可能不了解春泥此人和他奇怪的生活方式。他总是拒绝见来访的客人，这是为什么呢？难道只因为他不想见客，才经常搬家、旅行或假装生病吗？到了最后，他甚至在向岛的须崎町租了一座房子，却白白空置着，这究竟是怎么回事？一个小说家无论多么厌恶世人，都不至于这样。他若不是在为杀人做准备，就太奇怪了。”

我坐到静子身边。想到一切事情可能还是春泥做的，静子不禁颤抖起来，紧紧靠在我身上，用力抓住我的左手。

“我几乎成了被他操纵的玩偶。模仿他的推理，根据他给出的表面证据，我做出了我的推理，仅此而已。哈哈哈哈！”我自嘲地笑道，“我会想些什么，他全都想到了，还预先准备好了证据，这简直太恐怖了。普通的侦探必定跟不上他的思路，这样天马行空的想象只属于我这种推理小说家。然而，若春泥真是凶手，又有一些不合情理、让人难以理解的地方。春泥这个歹徒非同一般的心机就表现在这里。不合情理的地方有两处。第一处是小山田死后，恐吓信就销声匿迹了。第二处是小山田的书橱中为何会有日记、春泥的小说、《新青年》杂志这些东西？如果春泥真是凶手，就无法解释这两件事。日记上空白处的文字可能是春泥模仿小山田写的，《新青年》杂志扉页上的痕迹可能是春泥悄悄画上去迷惑我们的。但小山田先生始终把钥匙带在身上，春泥是怎么得到钥匙的？又是怎么进入书房的？我为此苦思冥想了两天，最终找到了答案。

“刚刚我提到，春泥的气息充斥着整个事件。为了找出答案，我开始重温他的小说。我没跟你说过，先前我听博文馆的编辑本田说，他曾看见春泥出没于浅草公园，打扮成一个小丑，戴着红色尖顶帽。我去广告公司问过此事。对方说这种人应该本来就是流浪汉，住在浅草公园。春泥跟浅草公园的流浪汉混迹在一起，这是史蒂文森《化身博士》[1]中的情节。接下来，我开始寻找春泥有没有写过情节类似的小说。消失之前，春泥写了一篇长篇小说《全景国》，之前还写了一篇短篇小说《一人分饰两角》，刚好就有这种情节，这些你应该也听说过。我读完这两篇小说，就明白了春泥多么想效仿《化身博士》中的情节，一人分饰两角。”

“我太害怕了！”静子用力握住我的手，“不要说了，你说话时看起来真恐怖。仓房这么暗，我不想听这些话。我不愿再想起平田，只想这样跟你厮守下去。”

“可是你听好了，此事非常重要，关系到你的生死。要是春泥不打算就此放过你……”我已失去了跟她做游戏的闲情逸致，“在这件事情上，我又找到了两个非常奇异的相同点。用专业术语来说，这两个相同点分别属于空间和时间。看这张东京地图。”

我事先准备了一张简单的东京地图，从衣兜里拿出来，伸手指着地图说：“从本田、象潟警署那里，我查到了大江春泥先后住过的地方，包括池袋、牛込喜久井町、根岸、谷中初音町、日暮里金杉村、神田末广町、上野樱木町、本所柳岛町、向岛须崎町。根据地图，其中只有池袋和牛込喜久井町距离比较远，其余七个地方都密集分布在东京东北角的狭长地段。春泥就此犯了一个大错。他住在根岸期间开始成名，很多记者前去采访他。想到这一点，就不难理解池袋和牛込为何会相距这么远。即他在搬到牛込喜久井町之前，都是用邮寄的方式送交手稿。而用线连起根岸和随后的七个地方，会得到一个不太规则的圆。解决此事的关键就在圆心处。至于这种说法的依据，我马上就会谈到。”

---

[1] 《化身博士》是英国作家史蒂文森（1850—1894）的代表作之一，这部科幻小说的主角是一个名叫亨利·杰基尔的医生，他每到夜里就会化身成为罪恶的海德先生到处做坏事。——译注

静子忽然想起什么，松开我的手，双手搂着我的脖子，蒙娜丽莎一样的嘴唇中间露出洁白的牙齿，低声说：“我害怕。”她的脸贴在我脸上，嘴唇也紧紧贴在我嘴上。片刻过后，她稍微挪开嘴唇，用食指拨弄我的耳朵，接着在我耳畔用唱摇篮曲一样柔和的声音说：“时间这么宝贵，却用来说这么恐怖的故事，我觉得太可惜了。老师，我的嘴唇有多烫，您感觉不到吗？我的心在胸腔里跳得多厉害，您听不到吗？快来拥抱我吧，请您拥抱我吧。”

“你再忍一忍，很快就说完了。说完我的推理，我还要跟你商量一件事。”我继续往下说，完全不理会她对我的引诱，“然后是时间上的相同点。我清楚记得前年年末，春泥忽然在杂志上销声匿迹。而我记得你跟我说过，小山田先生刚好也是前年年末返回日本的。为何这两个事件会如此吻合？这是巧合吗？对于这件事，你是怎么看的？”

静子未等我说完，一下脱掉和服，伏在床上，扭头对我说：“是又怎么样呢？不值一提，根本不值一提！”

我从一扇小窗中看到小片灰色天空。一种如同打雷的声音夹杂着我的耳鸣在我耳中响起，那可能是轰隆隆开过的电车，但听上去异常恐怖，如同大批从天上来到人间的魔鬼敲响战鼓，准备发起进攻。我觉得很难受，却继续坚持说出我的推理：“另外一方面，大江春泥的确参与了这件事。可是他像烟一样消失不见了，日本警察为了找这位著名的作家花费了两个月，依旧一无所获。哦，这件事单是想一想都很恐怖。真是太令人难以置信了，这居然是真的，不是噩梦。他用了何种隐术才进了小山田的书房，又用了何种方法打开了上锁的书橱呢？

“我不禁想起一个人，此人正是‘女’侦探小说家平山日出子。很多作家、编辑都相信此人一定是个女人。据说，每天都有很多年轻的男性读者给此人写情书。事实上，此人却是个男人，还是个公务员。我、春泥、平山日出子，我们这些侦探小说家全都是怪物。明明是男人，却想假装自己是女人；明明是女人，却想假装自己是男人。这种反常的喜好能让人做出任何事。据说，有个作家男扮女装，夜里在浅草一带出没，跟男人坠入爱河。”

我不停地说着，像发了疯一样。我一脸是汗，汗水淌到嘴里，真是难受。

“静子，你听我继续推理，看看是对是错。连接起春泥的住所得到了一个圆，圆心在哪儿？看看地图，在浅草山你的家。从你家坐车，只要十分钟就能到达这些地方。为何春泥在小山田先生回国后消失了？因为此人不再去学茶道、音乐了。你明白了吗？小山田先生在国外期间，每天下午到晚上，你都会去学茶道、音乐。是谁准备好了所有证据，引诱我做出这种推理？是谁在博物馆找到我，掌控了我的所思所想？是你。若凶手是你，你很容易在日记空白处添加内容，将证据放入小山田先生的书橱，把纽扣放到天花板上。我的推理就是如此。对于这个结论，我深信不疑。你还能做出其余推理吗？说啊，快说啊！”

“您太过分了！您太过分了！”静子赤身裸体扑到我怀里，脸紧贴在我衬衣上，失声痛哭。我的皮肤能感觉到她眼泪的热度。

“你为什么哭呢？你刚刚为什么总想让我停下？因为你肯定不愿意听到这种关系到你的生死的推理。但我还是要怀疑你，静子，我的推理还没完，继续往下听。大江春泥的妻子戴着眼镜，装着金牙，脸上贴着膏药，梳着西洋发式，脸看起来圆圆的，她为什么是这副模样？这跟春泥《全景国》里的变装法不是一样吗？在那篇小说里，春泥提到了日本最全面的变装法，包括改变发型、戴眼镜、口中塞棉花。他的《一分铜钱》还提到把夜市上卖的镀金套子套在好牙上，假装镶了金牙。你要遮掩你醒目的虎牙，只能套上镀金套子。而你在右脸上贴上治牙痛的膏药，是为了掩饰你那颗黑痣。至于梳西洋发式，把瓜子脸变成圆脸，对你来说都很简单。通过这种方式，你把自己扮成了春泥的妻子。为确定你是否像春泥的妻子，前天我曾让本田偷窥你。本田说，你若把圆形发髻变成西洋发式，戴上眼镜，镶上金牙，就跟春泥的妻子如出一辙了。快坦白吧，事已至此，你难道还想继续隐瞒吗？”

我推开静子，她瘫倒在床上痛哭起来。我等了很久，她都不肯开口说话。我非常激动，无法控制自己，便拿起鞭子使劲儿鞭打她裸露的后背："你还不说吗？还不说吗？"

我抛开一切顾忌，不停地鞭打她，打到她惨白的皮肤发红，渐渐露出蚯蚓一样的血痕，渗出鲜血。在我的鞭打下，她的身体扭来扭去，像过去那样放浪。她用几乎要断气的声音轻声叫道："平田！平田！"

"平田？啊，你想继续隐瞒下去？难道你的意思是，你打扮成了春泥的妻子，就代表真的存在春泥这个人？他只是你编造出来的。你假扮他的妻子应付那些编辑，你经常搬家，都是为了隐瞒真相。可一个根本不存在的人终究会穿帮，你就从浅草公园雇了个流浪汉躺在家里。是穿小丑服装的男人打扮成了春泥，而非春泥打扮成了小丑。"

静子伏在床上一言不发，像死了一样。唯有她后背上的红色蚯蚓伴随着她的呼吸一起一伏，好像是有生命的。我的激动情绪因她长久的沉默平复下来。

"静子小姐，我本来希望我们能平静地交流。可你一直对我的问题避而不答，并摆出那样的媚态想糊弄过去。我一时无法控制自己，才会对你做出这种过分的举动。请你原谅我。现在我要把你做过的事理出个前后顺序，请你随时指正。"

我按照顺序把我的推理解释了一遍："你拥有女性难得的聪慧和文采，这点在你给我写的信中表露无遗。所以你会假装自己是个男人，匿名创作推理小说，这并非难以理解的事。可是你的小说得到了如此高的评价，是你没有想到的。你开始成名时，正好赶上小山田先生要出国，两年以后才能回来。为消除寂寞，也为了满足你那奇怪的喜好，你设计了一个恐怖的圈套，一人扮演三个人。你写过一篇小说《一人分饰两角》，在此基础上，你更进一步，想出了一人分饰三角的计划。你先是在池袋、牛込分别找到两个收信地址，然后索性在根岸租下一座房子，租户写的是平田一郎的名字。

你还借口不喜欢跟人往来、外出旅行等，让平田本人隐身。跟稿件相关的所有事，都由你假扮的平田太太代劳。也就是写稿子时，你是平田，笔名大江春泥；跟编辑见面、租房时，你是平田太太。回到山之宿町的小山田家，你又成了小山田夫人。你明明是一个人，却饰演了三个角色。每天下午，你都要假装学习茶道、音乐，从家里出去。你一个人分成两个人用，半天是小山田夫人，另外半天是平田太太。租的房子太远，就不方便你改变发式和衣服，因此，你每次搬家都会选择距离山之宿只有十分钟车程的地方。我非常能理解你为什么要这样做，因为我本人也很喜欢猎奇。世间只怕找不到比这更吸引人的游戏了，就算费力也是值得的。有个评论家曾评论春泥的小说充斥着让人难受的猜忌，那是女性的专属，犹如在黑暗中随时准备行动的阴兽。现在想来，那个评论家说得没错。

“两年转瞬即逝，小山田先生回到了日本。你无法继续扮演三个角色，就安排大江春泥人间蒸发了。可是大家并未因此产生多少怀疑，因为大家都知道春泥对人际交往厌恶至极。至于你为何要犯下之后那种恐怖的罪行，我作为一个男人，实在猜不透你是怎么想的。我看过有关变态心理学的书，知道日本和外国有很多患歇斯底里症的女人给自己写恐吓信，吓唬自己，博得别人的同情。依我看，你也是这种情况。收到恐吓信，写信者还是自己假扮的著名男作家，这简直太吸引人了。

“另外，对上了年纪的丈夫，你开始感到不满足。对丈夫出国期间变态的自由生活，你满怀向往，无法自控。不，更准确的说法是，你无法控制自己想象并期待自己以春泥的名义写下的犯罪、杀人情节。刚好有春泥这个虚构人物，他已不知所终。你若能把他变成嫌犯，就能保全自己，除掉自己厌恶的丈夫，用他留下的大笔遗产随心所欲度过余生。

“可你还是不满足，你布下了两道防线，以防万一。你选中我来执行你的计划。我经常批判春泥的小说，你就把我变成了任你操控的玩偶，这样一来还能报复我。所以看见我的建议书时，你肯定认为我可笑至极。只要有手套的装饰纽扣、日记、《新青年》杂志、《天花板里的游戏》，就能轻而易举骗过我，用不着多做什么。

“可就像你写的小说一样，犯罪者经常在无意中犯下小小的错误。你捡到了小山田手套上的装饰纽扣，没查清纽扣是何时掉下来的，就把它当成了重要证据。小山田一早就把手套送给了司机，你却毫不知情，这种错误多荒诞呀！跟我先前的推理一样，小山田先生是坠楼而死，区别在于他当时不是躲在窗外窥视你，多半是在跟你玩性爱游戏（这就是为什么他会戴上假发），被你从窗前推下去了。

“静子，我的推理成立吗？请告诉我答案。请你尽管把我的推理推翻，只要你能做到，静子！”

静子瘫在床上，我将手放在她肩头，轻轻摇她的身体。她一直没抬起头来，不动，也不说话，可能是羞耻、悔恨使然。

我非常失望，站在那儿不知该如何是好。她昨天还是我唯一的挚爱，现在却倒在床上现出了原形，原来是一头负伤的阴兽。这一幕让我的眼睛不由得发热。

“既然这样，我先走了。”我振作起来说，“你认真想想往后该怎么做，走一条正确的道路。最近这一个月，多亏有你，我见识了一个我闻所未闻的性欲世界。直到这一刻，我还对你眷恋不舍。可跟其余人相比，我有更强烈的道德感，它不容许我跟你维持这种关系。好了，就此别过。”

我在静子后背上宛如蚯蚓的红肿伤痕上留下真挚的一吻。随后，我跟我们曾短暂拥有过的性欲世界告别了。

天空越发低沉，气温又升高了。我浑身都在冒汗，牙齿却咯咯作响。从这里出去时，我踉踉跄跄，好像发了羊癫风。

十二

通过第二天的晚报，我得知静子自杀了。她应该也是从小洋楼二楼跳进隅田川的，跟小山田六郎的死亡方式一模一样。她就此结束了自己罪恶的一生，将自己的悔恨全部埋葬。也许是因为水流方向没变，她的尸体也漂到了吾妻桥下的码头旁。早上，过路人发现了她的尸体。命运真是可怕。记者不了解此事的内幕，在报道结尾处说："小山田夫人香消玉殒，应该是同一个凶手所为。"

看到这篇新闻，我既为自己爱过的人惨死感到怜惜和深切的悲痛，又相信静子是畏罪自杀，这也是她唯一的结局。我在最开始的一个多月，始终坚信这一点。

可是天马行空的想象的热度渐渐冷却后，我再度生出了可怕的疑虑。在静子那里，我连一句忏悔的话都没听到。尽管我的推理有多种证据证实，但是对这些证据的解释并不像 2 + 2 = 4 那样毋庸置疑，它们全都是我的猜测。先前根据司机和天花板清理人员的口供，我推翻了自己构建的看似完美的推理，然后根据同样的证据，得出了跟此前截然相反的推理。我如何能确定，我的第二个推理不会再次被推翻呢？其实在仓房二楼谴责静子时，我本不想走到那步田地。我的原计划是平静地说出推理，然后看她怎么提出反对。可她表现出那种态度，让我说到一半就开始妄自揣测，武断地下了结论。到了最后，她不顾我的再三询问，始终一言不发。我据此判定她的沉默等于认罪。这会不会只是我的自以为是?

她的确是自杀身亡。(可她当真是自杀吗?或是他杀?若是他杀,凶手是谁?这太恐怖了!)可自杀又能代表什么?能证明她真的犯了罪?说不定自杀是因为别的原因!比如她对我那么信任,我却怀疑她,她不知该怎么辩驳,于是,一个生来气量狭小的女人冲动地选择了自杀,这也是有可能的,不是吗?那么杀害她的凶手显然是我,尽管我并未亲自动手。刚刚我提到也许是他杀,这种情况显然就是他杀,不是吗?

如果我只是涉嫌杀了这个女人,说不定还能承受。然而,我那胡思乱想的可怕癖好又犯了,让我想到了更糟糕的情况。显然,她是爱我的。被自己所爱之人怀疑、斥责为可怕的罪犯,一个女人会有怎样的感受?我陷入了想象。她之所以选择自杀,不正是因为爱着我却被我怀疑,不知该怎么辩驳吗?即使我那可怕的推理成立,但她为何想要杀掉相守多年的丈夫呢?为了自由?为了财富?一个女人真会为了这些铤而走险去杀人吗?莫非是为了爱情?而她所爱之人不就是我吗?

哎,这种疑虑简直可怕至极,要怎样才能消除它?无论静子是不是凶手,这个深爱着我的可怜女子都是死在我手上。我的道德观如此狭隘,活该被我自己诅咒。爱情是世间最纯洁、美好的东西,不是吗?我却残忍扼杀了这种纯洁、美好的爱情,这全怪我冥顽不灵如道学家。

如果我的推理成立,她的确是大江春泥,是恐怖的杀人犯,那我说不定能得到少许宽慰。可事到如今,我要怎样才能证明我的推理成立?小山田六郎已死,小山田静子已死,大江春泥应该永远销声匿迹了。本田曾说,静子长得很像春泥的妻子,可也只是很像而已,能作为证据吗?

我多次拜访检察官系崎,打听案件的进展。根据他含混不清的回答,我明白寻找大江春泥这件事毫无希望。我曾委托别人到平田一郎的老家静冈县调查此人。我仍怀着一线希望,根本没有这样一个人。可惜我却得知,平田一郎确有其人,只是不知去了哪里。不过,即使有平田一郎这样一个人,他的确曾跟静子交往过，可要说他便是大江春泥、杀死六郎的凶手，我又有何依据？如今他下落不明，要想确定静子是否曾用前男友的名字玩这个分饰三角的游戏，已经不可能了。经小山田家亲戚的允许，我对静子的日常用品、信件做了认真的检查，但没有任何发现。

我对自己在推理和胡思乱想方面的癖好后悔不迭。若是可以的话，我甘愿投入毕生精力走遍全日本乃至全世界，寻找化名大江春泥的平田一郎，哪怕最终不会有任何结果也无所谓。可纵使找到了春泥，他是凶手也好，不是凶手也罢，多半都只会让我更加痛苦。

距离静子悲惨地死去已有半年，平田一郎依旧下落不明。随着日子一天天过去，我无法弥补的、恐惧的困惑不断加深。

巴诺拉马岛奇谈

一

一座方圆不过四公里的小岛浮在I海湾濒临太平洋的S郡最南边。这座远离其余岛屿的小岛宛如一个绿色的馒头扣在那里，即便是M县的住户恐怕都未发觉这一奇异的景象。眼下，这绿色的馒头除了周围的渔民偶尔兴起过去转转外，根本无人光顾，简直成了一座荒岛。除此之外，小岛地处海角顶端，周围经常波涛汹涌。若不是遇到风平浪静的日子，小船要冒很大的危险才能靠近小岛，得不偿失。当地人称小岛为冲之岛。不知何时，其主人变成了T市的菰田家，M县的首富。

菰田家过去有一帮胆大妄为的渔民，在岛上建起小房子住下来，并在当地晾晒渔网，建造仓房。然而，这些临时建造的房屋前几年忽然都被拆除了，小岛上开始大兴土木。每天都有几十人乘坐特制的电动船开到岛上，有挖土的工人，也有园丁。各种来路不明、奇形怪状的大石头，以及钢筋、木材和无数水泥桶等都被运到岛上。众人开始在这座荒岛上建造大型工程，却不知是建造房屋还是园林，十分神秘。

冲之岛所属的郡相当偏僻，政府建造的铁路乃至百姓自建的轻便铁路、公共汽车道，在这里都看不到。小岛对岸有几个又小又穷的渔村，每个村的住户都不到一百户。这些渔民家的房屋稀稀疏疏分散在海岸边。各个渔村之间隔着高耸的山崖，往来困难，是一片未开化的地区。正因为这样，对岸莫名其妙开始大兴土木的消息只是在这些渔村之间传播。这种消息传播得越遥远，其本身就会变得越匪夷所思。这项工程如此奇异，若传到邻近的小城，会在当地的报纸社会版上热闹一段日子，可若是在京城附近，必然会引发大风波。

附近的渔民都不明白，菰田家不惜血本在荒岛上挖土栽树、修建围墙、建造房屋，到底是为了什么。小岛如此偏僻，菰田家总不至于要搬到这里生活。可是如此大兴土木，若只为了简单建一座园子，未免太荒诞了，菰田家的男主人莫非已经发了疯？渔民们这样议论着，而这并非毫无依据。

菰田家的男主人多年来一直患有羊癫风，怎么治都治不好。前段时间，听说他去世了，举行了隆重的葬礼，轰动一时。然而，数日过后，他又复活了，真让人难以置信。不过，此后他时常做些疯疯癫癫、不合常理的事，好像变了个人。此处的渔民之所以对这项工作如此惊讶，就是因为连他们也听说了这种传言。

尽管大家都对这项大工程充满疑惑，但这件事一直没有传到京城一带。在菰田家男主人的指挥下，工程进行得很顺利。三四个月过后，诡异的一幕出现了，整座小岛都被一道宛如长城的围墙围起来了。围墙内部妥善布置了池子、小河、小山、谷地。在小岛正中间，还有座奇异的庞大钢筋水泥建筑耸立着。这景色如此奇妙，如此壮美，超出了人类的想象。此处就不多描绘了，以后有机会再说。这项大工程要真能完成，将在历史上留下浓墨重彩的一笔。现在若能对冲之岛上残留的景致做一番细致的观察、品味，必然能发现昔日的美妙，这不是人世间所能出现的。可惜就快完工时，这项工程遭遇意外，只能停工。

除了少数知情人士，没人知道这是怎么回事。因为工程的一切细节都对外保密，其目的、性质、停工原因都被淹没在时间的长河中。大家唯一了解的是，菰田家的男女主人都在工程停工前后去世。他们并无子女，亲戚继承了他们所有的遗产。他们的死因有多种传言，但都毫无依据，警方并未留意。

这座岛此后依然属于菰田家，只是岛上的建筑在工程停止后被废弃。人工打造的森林、花园因多年无人照料，风吹雨打，已今非昔比，到处长满野草。神奇的钢筋水泥圆柱子也不复昔日的宏伟。菰田家将这些树和石头运到岛上，花了很多钱。如今要搭上运费，才能把它们运到城里卖出去，所以所有树和石头都留在了废弃的园子里。大家若能忍受艰苦的旅程，不妨到M县，登上南面被汹涌波涛环绕的冲之岛，必然能看到岛上残留的人造景致，为之赞叹不已。看过这座宏大的园林，肯定有人能对那个天马行空的计划或艺术有所了解。不过，岛上还有可怕的幽灵或鬼魂在四处飘荡，上岛之后必然也会感知到它们。

事实上，岛上出了一件事，让人惊讶不已。菰田家的亲友都已知道了这件事的部分内容，可只有两三个人了解其中最重要的内容，整件事匪夷所思。接下来我会把这个秘密揭露出来，若大家愿意相信我，听我说完这个看起来非常荒谬的故事，就请听好了。

二

这件事要从东京说起。

位于东京的山手一条学生街上有座公寓，称为友爱馆。表面看来，友爱馆跟普通的公寓差不多，却跟学生街一点都不搭调。有个叫人见广介的男人住在其中最糟糕的房间里。单看外表，很难相信他已过了而立之年。他可能是书生，也可能是无业青年，没人清楚。冲之岛上的大工程开工前五六年，他从一家私立大学毕业。此后，他一直没找工作，没有固定收入。房东对他束手无策，朋友为他担心不已。最终，他来到友爱馆，在这儿住到大工程开工前一年。

人见广介说，他大学时学的是哲学专业，但从来没上过哲学课。他时而对猎奇文学书籍着迷，时而又出现在跟哲学毫不相干的建筑系教室，认真听讲。没过多久，他又对社会学、经济学着了迷。很快，他又开始学习绘画，买来画油画的工具。他就是这种朝三暮四的人，学什么都没毅力。可他这种从未学完任何课程、掌握任何技巧的人却顺利毕业了，真是奇怪。若说他学到了什么，也是旁门左道，不是学问正道。正因为这样，他在毕业五六年后，还是整天无所事事，找不到工作。

可人见广介并没想过要找份工作，过上普通人的生活。事实上，进入社会前，他已对这种生活厌恶不已。可能是因为他生来就体弱多病，也可能是因为他青春期患上了神经衰弱，时至今日，这种疾病仍困扰着他，让他不想做任何事。他只在脑海中想象一下人生的各种事情就足够了，任何事情都“无所谓”。因此，他一直睡在脏兮兮的公寓里，一直在做梦。这种梦是他专属的，没有一位实干家体会过个中滋味。总之，人见广介就是个极致的空想家。

他无视现实中的一切去做的梦是什么？是他自己倾尽全力设计的理想国、乌托邦。他在学校期间，就对柏拉图等人创作的几十种理想国、乌托邦故事着了迷。这些作者用文字书写出他们无法变为现实的梦想，并公开发表，从中获得安慰。通过设身处地感知他们的情绪，人见广介与他们产生了共鸣，聊以自慰。他一点也不关心这些书中描绘的政治、经济理想国，只对地上乐园和美之国、梦之国的理想国感兴趣。所以他喜欢莫里斯[1]的《乌有乡消息》超过卡贝[2]的《伊加利亚旅行记》，可他更喜欢的却是爱伦·坡的《阿恩海姆乐园》。

他只有一个梦想，跟音乐家用乐器、画家用画布和颜料、诗人用语言文字创造艺术一样，他将用自然界的山川植物创造惊人的艺术。他的材料都是有生命的，包括石头、树木、花草、鸟类、野兽乃至虫子。对于神创造的自然，他很不满意。他希望随心所欲对自然做出改造、美化，使其符合自己的个性，展现自己独有的伟大的艺术理想，即他要变成神，对自然加以重塑。

他将艺术视为坚持个人见解的人类对自然做出的反抗，视为不安现状的人类想在自然中打上个人喜好烙印的欲望的体现。比如对自然中的风声、海浪声、动物叫声不满，音乐家就极力创造出自己的音乐；比如画家照着模特作画时，会根据自己的需要做出改造、美化，不会原样照搬；比如诗人更不会只报道、记录单纯的事实。这些所谓的艺术家为何要采取如此复

[1] 威廉·莫里斯（1834—1896），英国设计师、诗人、社会主义活动家。——译注

[2] 埃蒂耶纳·卡贝（1788—1856），法国空想社会主义者。——译注

杂的做法，他们能从乐器、颜料、文字这些间接、无意义的手段中获得满足吗？他们为何不针对自然本身下手？为何不直接用自然本身作为乐器、颜料、文字？这种事情是可行的，造园技术、建筑技术都针对自然本身，用自然中的材料，实现了对自然的改造、美化，不是吗？人见广介心想，若是站在更加艺术的立场上，采取更加艺术的方法，实现更大规模的改造，又会如何呢？

所以从某种意义上说，古代那些将他的理想变为现实的君主（以暴君为主）的伟大功绩，比之前提到的乌托邦故事、虚拟文字游戏更让他向往。比如埃及的金字塔、狮身人面像、太阳神神庙，希腊、罗马的城郭式、宗教式大都市，中国的万里长城、阿房宫，日本飞鸟时代以来的金阁寺、银阁寺等大型佛教建筑。人见广介每次从这些建筑联想到缔造建筑的英雄那乌托邦式的内心，都会感到热血澎湃。

一名乌托邦作家给自己的作品取了这样的标题——“要是我能得到巨额财富”。人见广介也常发出类似的感慨。

“真希望我能得到巨额财富，怎么花都花不完。到时我要先买一大片土地，不过要在哪里买呢？我还要雇用大批劳力，创造一个地上乐园、美梦之国，实现我一直以来的梦想。”

建造理想国的第一步是……只要想象开了个头，人见广介就停不下来了，必须在脑海中完整建造出一个尽善尽美的理想国。

可仔细想来，这只是痴人说梦、海市蜃楼。在现实生活中，他只是个贫苦的书生，经常连饭都吃不上。就算他拼尽全力工作，可单凭他的才能，这辈子可能都攒不了几万块。

说到底，他除了“白日做梦”，什么都做不了。他只能一辈子沉浸在让自己快乐的梦中。他的真实处境实在太悲惨了。除了每天睡在这脏兮兮的公寓中，睡在他不到十平方米的屋子里，消磨乏味的时光，他什么都做不了。

他的大多数同类都会沉醉在艺术中，找到寄托。可惜他在艺术方面并无天分，他最悲惨的地方就在于此。除了之前诉说的美梦，他对艺术没什么兴趣，不会被真正的艺术吸引。

若他能达成梦想，确实能创造出独一无二的艺术。所以我们可以理解，世间所有事业、娱乐乃至艺术，在沉浸于这种美梦的他看来，都没有价值，不值一提。

但是为了养活自己，就算对现实中所有事情毫无兴趣，他也要做一些普通人的工作。他毕业后，接了些翻译的工作，报酬都很低。他还写童话故事，有时也会写成人小说，从杂志社赚些稿酬，勉勉强强能填饱肚子。

起初，他对文学还有少许兴趣，利用前人有名的乌托邦建立架构，把自己零零碎碎的梦想放进去，写成作品发表出来，从中得到了很多慰藉。他曾对这种工作充满热忱，无奈杂志社只欢迎他翻译的东西，不喜欢他自己创作的作品。杂志社这种态度其实很正常，因为他的原创作品都是自我欣赏、枯燥无味的玩意儿，虽然从各种角度详细描绘了他理想中的乌托邦，一上来就给人一种独特的感觉，但仔细一读就会发现都是些陈词滥调。

拼尽全力写成的所谓佳作经常被杂志社编辑丢弃不用，文字游戏又不能满足他在文学创作方面的贪欲，导致他始终没能在小说创作方面取得进步。可是只要他停笔不写，就要挨饿。因此，虽然很不情愿，他也不得不继续这种绝望的生活，每天靠卖文章赚点糊口的钱。

他的一张稿子不过能换五十钱的稿酬。他总是利用大量空闲时间画他的乌托邦蓝图、建筑设计图，总是画完又撕，撕完再重新画。他在心中想象着自己将来有一天能像自己无比艳羡的古代君主一样，达成这个梦想。

三

现在要说到正题了。人见广介继续过着这种乏味的生活。忽有一日，他被从天而降的大馅饼砸中了。此后过了大约一年，之前提到的小岛开始大兴土木。人见广介遇到的这件幸事非常古怪，荒谬得像个神话，只称其为幸事是不够的。他得到这一空前的好消息后，马上想到了一件事。当时，他的欢喜简直无法用语言描绘，也许任何人都不曾体会过这样的狂喜。可他旋即又觉得恐惧至极，因为自己竟会产生这种罪恶的念头。

他有位大学同学在报社做记者，就是此人把这个好消息告诉了他。这个姓山田的朋友很久没跟他见过面了。这天，俩人在广介的公寓见面闲聊，山田在无意间说到了那件事。

“你哥哥两三天以前去世了，你应该还没收到消息吧。”

“你说什么？”人见广介反问道，他根本没听懂山田无意间说出的话是什么意思。

“难道你忘了？你的另外一半，你的双胞胎兄弟菰田源三郎，那个很有名的人。”

“哦，是大富豪菰田？这太出乎我的意料了。他得了什么病？”

“通讯员的稿子上说，似乎是以前的老毛病羊癫风又犯了，很快就死了。真可惜，连四十岁都不到。”

记者随后继续说道：“但是你俩居然这么相像，真叫人难以置信。稿子上还有菰田最近拍的一张照片，你俩看起来比上大学时还要相像，我们大学毕业都五六年了。现在你俩几乎一模一样，只是照片上的他比你多了胡须，你比他多了一副眼镜。”

大家应该猜出了，穷酸书生人见广介跟M县首富菰田源三郎是大学同学。两个人的面容、身材乃至声音都十分相像，让人惊叹。同学们开玩笑给他们取了个“双胞胎”的绰号，沿用至今。菰田源三郎因为年纪稍大，被称为双胞胎哥哥，人见广介被称为双胞胎弟弟，俩人经常成为同学们开玩笑的对象。然而，俩人的确跟双胞胎一样相像，这点俩人不能不承认。原本两个人长得像是很常见的，但像他们这种情况却非常少有：不是双胞胎，却长得完全一样。联想到之后那件离奇的怪事就是由此引发的，我更是不由得为所谓的因果关系感慨万分。

俩人之间并未发生太多趣事，因为俩人都很少去上课，很少凑到一起，轻度近视的人见广介又一直戴着眼镜，即使俩人并肩而立，隔着很远的距离也能分辨出来。不过，在漫长的求学时代，俩人之间还是发生了一些有意思的事，为大家增加了谈资。俩人有多么相像，由此可见一斑。

现在人见广介得知他的“双胞胎”哥哥死了，要比得知别的同学死了吃惊得多。可他并不感到伤心甚至悲痛，因为他俩过于相像，菰田简直像他的影子，让他心生厌恶。然而，他还是因这个消息受到了刺激，准确说来，这并非哀伤，而是惊讶，更是一种预感，这预感如此诡异，让人难以揣测。

这到底是一种怎样的预感呢？报社记者又聊了很久，人见广介等他走后，还没搞清自己这种预感。他独自一人时，把菰田死去的消息翻来覆去思考了很多遍。就像午后降下雷雨之前乌云布满天空那样迅速而可怕，他脑子里出现了一个匪夷所思的念头。他一下面色惨白，牙关紧咬，最终坐在原地，全身都颤抖起来。那个念头越来越清晰地呈现出来，他为之陷入沉思。有时因过度的恐慌，他不得不拼尽全力压制自己的阴谋诡计，可是它们连续不断地冒出来，不是他能压制得了的。他越努力地压制，这些阴谋诡计在他的想象中就越清晰，仿佛绚丽的万花筒。

四

人见广介清楚记得，学生时代他听菰田说过，在菰田的故乡 M 县，不存在火葬的风俗，菰田家作为上等阶层，对火葬更是忌讳，肯定会实行土葬。这是人见广介想到这种前所未有的阴谋诡计的重要原因之一。此外还有一个原因，就是菰田是因羊癫风发作而死。人见广介由此想到另一件事。他过去对哈特曼[1]、布歇[2]、肯普纳[3]等人关于死亡的作品十分着迷，更积累了很多假死者被活埋的知识，这对他来说也不知是福还是祸。羊癫风有很大概率会引发假死，导致人被活埋，对此他非常清楚。爱伦·坡有篇短篇小说《过早埋葬》，其中介绍了假死后被活埋的恐怖经历，很多人应该都读过。

“毫无疑问，被活埋是人类最大的灾难（圣巴托洛缪大屠杀[4]等可怕的历史事件）中最恐怖的一种。然而，但凡有点知识储备，都会明白这种事情是很常见的。生死之间只隔着一道模糊的分界线。生命的终点在哪里，死亡的起点又在哪里，又有什么人能够确定？一些疾病会彻底结束生命的外部运转，这种停止状态只是那种非同寻常的机制暂时停止运转，是一种

[1] 弗朗兹·哈特曼（1838—1912），澳大利亚医生，神智学的支持者，著有《活埋》。——译注

[2] 尤金·布歇（1818—1891），法国医生，著有《死亡征兆》。——译注

[3] 肯普纳（1828—1904），犹太女作家，著有《论立法设置遗体安放室的必要性》。——译注

[4] 1572 年 8 月 24 日，法国天主教徒对新教徒胡格诺派长达几个月的大屠杀。——译注

中断。不久之后（也许是几小时、几天、几十天），大小齿轮又将重新开始运转。因为那种无形的力量发挥的神奇作用，就像神仙施展的法术一样。”

他从书上看到了一些例子，毋庸置疑，最容易引发假死的疾病就包含羊癫风。美国以前有个“预防活埋协会”，其宣传册中罗列了几十种容易导致假死的疾病，羊癫风赫然在列。他对这类事总是印象深刻，也不知是怎么回事。

他读过无数活埋的例子，感觉很诡异。直到现在，他的内心依然深受那种感觉冲击。用恐惧、战栗形容那种情绪，实在太无力了，那是无法用语言描绘的。举个例子，一个身怀六甲的女人被活埋，然后在坟墓中活过来，周围一片漆黑。她就在这种环境下生下了孩子，怀抱着拼命哭喊的孩子惨死（她可能曾把自己没有乳汁的乳房放入全身鲜血淋漓的孩子口中）。这种故事给他留下了极为深刻的印象。

但他何以会如此清楚地记得，羊癫风这种疾病会引发假死呢？他自己也不清楚，可是人心如此复杂难测，他在阅读这种书时，也许下意识联想到了菰田，那个大富豪就患有羊癫风，此人跟他如此相像，以至于大家都称他们为“双胞胎”。人见广介生来就是个总爱胡思乱想的梦想家，他一定已经察觉到了这一点，尽管他对此并没有清楚的认知。

若真是这样，那么在他内心，这种想法早在数年前便已悄悄播种。眼下因为菰田死了，种子开始发芽。人见广介就这样想出了这个人间罕有的奸计，他因此浑身开始冒冷汗。他花了整整一夜时间苦思冥想，将这个本来如同神话、妄想的奸计的方方面面都变得现实起来。最终，连他自己都觉得这个计划一定能成功，不会有任何失误。

“实在荒谬，虽然我跟那人十分相像，但是如此荒谬……这简直是妄想。历史上有谁曾有过这种荒谬的想法呢？在推理小说中，我多次看到双胞胎中一人假装是另外一人，一人扮演两个角色的桥段。可到了现实中，即便是这种桥段也不可能出现。眼下，我正在思考的奸计更是胡思乱想，像发了疯一样。你还是继续做你那永远无法达成的乌托邦美梦吧，不要再想这种没有意义的事情了。”

有好几次，他都劝自己放下这恐怖的妄想，但是很快又想到：“然而，细细想来，这是个万无一失、极易执行的计划，这个机会多么难得啊。就算要为此历尽艰苦，可一旦成功，不就能轻而易举得到了你多年以来做梦都想得到的理想国建设资金吗？到时你该多么高兴啊！我已对这世界心生厌恶，终此一生，都不会有什么成就，就算要为这个计划去死，也不值得可惜！况且我并不需要冒生命危险，也不必殃及无辜甚或祸害这个世界。我只需要假冒菰田源三郎，让我本人彻底消失即可。一旦我做到了这一点，就会试着做一件从未有人做过的事，即开始一项改造自然、创造风景的宏大工程，完成一件前所未有的了不起的艺术。我要打造一座地上乐园、人间天堂。我不必为此感到歉疚。就算是菰田家的人，也只会为男主人复活感到欢喜，而非怨憎。这种做法看起来好像是种巨大的罪恶，可经过仔细分析，竟是一件好事而非恶事，难道不是吗？”

他这样想了一番，越发感觉这个计划很有条理、没有破绽、执行简单，也完全合乎道德。

另外，执行该计划最方便之处在于，菰田源三郎的双亲早就去世了，只有一位年轻的太太，还有几个仆人，要对付他们想必不是什么难事。不过，菰田源三郎还有个妹妹，其丈夫是东京的贵族。作为一个大家族，菰田家在老家一定有不少亲朋好友，幸好他们不知道有个叫人见广介的人跟已故的菰田源三郎长得很像，即便他们听到过这种传言，也不会想到二人会如此相像，不会想到人见广介会冒充菰田源三郎。况且人见广介是个天生的戏子，演技超群。他只担心源三郎的太太，毕竟她连丈夫身上的伤疤都一清二楚。不过，若尽可能减少与她单独在一起的时间，想必不会轻易露出破绽。再说了，一个死去又复活的人在外表、性格方面有少许改变，不会让身边人觉得奇怪。而要彻底消除大家的疑惑，只需让大家相信源三郎之所以有这种改变，是因为其死而复生的反常经历即可。

人见广介逐渐将计划中最微不足道的细节问题都做了安排，这个大计划的可行性因此不断提高。接下来要解决的问题是如何隐瞒自己的身份，处理真正的菰田源三郎的尸体，让死而复生这件事看起来像是真的。毋庸置疑，这是计划中难度最高的。

人见广介生来就是个阴谋家（无论他如何辩解），所以才能想出这种惊天的阴谋。他无法抛开这个计划和计划的种种细节，不断为各种小细节绞尽脑汁。最终，他把最难解决的问题都解决了。他觉得自己的计划已毫无破绽，然后又把它从头到尾想了一遍，确定这一点之后，他最终决定开始执行计划。

五

人见广介觉得浑身上下的血都汇聚到了头部，他已走到这一步，便不再从道德方面考虑这个计划有多恐怖。他不断考虑、斟酌，差不多花费了一天一夜，最终决定开始执行计划。之后回想起来，那时候，他好像在梦游，内心在执行计划时依旧感到空虚，明明是要去做大事，却仿佛出去玩耍，这太反常了。一个想法冷不丁从他心里跳出来：我在做梦，有个真实的世界正在等我，醒来时，我将抵达那个世界。他因此感到十分矛盾。

之前说过，人见广介的计划包括两大部分。第一部分是让他本人，即人见广介从人世间消失。在此之前，他需要先去 T 市，到菰田家打听一下，菰田是不是土葬，能不能轻而易举进入他的坟墓，他那位年轻的太太以及那些仆人是什么人。一旦查到任何危险可能让计划失败，都要及时中止计划。

广介去 T 市时，自然不能露出本来的样貌。对他的计划来说，他被人认出是人见广介也好，被错误地当成菰田源三郎也罢，都是相当致命的。所以他在此生第一次前往 T 市之前，先乔装打扮了一番。

他用了一种十分简单的方法进行乔装。他摘掉平时的眼镜，戴了一副普通的大墨镜。接着把一块很大的纱布贴在脸上，从眉毛一直覆盖到脸庞，中间的眼睛也不放过。他还把棉花球塞进嘴里，又粘上很普通的胡须，并将头发从中间分开。他用这种简单的方法达到了非同一般的效果。

他在去 T 市的电车上遇到了一位朋友，对方完全没认出他来。眼睛是人脸上最显著、最独特、最能彰显个性的部分。不妨用手遮挡住鼻子及以上的半张脸，再遮挡住鼻子及以下的半张脸，给人的感觉像是两个人的脸。捂住下半张脸露出眼睛，会被人轻而易举认出来，捂住上半张脸挡住眼睛就不会这样。于是，他把眼睛用墨镜遮挡起来。尽管这样能彻底遮挡住眼睛，但莫名其妙戴上墨镜会让人起疑心。他便用纱布遮住一只眼睛，装作患了眼病，以免让人生疑。

然后，他又对自己的发型、衣服做了改变。如此一来，他的乔装打扮已达到七分的效果。为了小心起见，他还用嘴里的棉花改变了下巴的形状，用假胡须挡住嘴巴的特征。他若能进一步改变走路的姿势，就跟原先的人见广介没有半点相似之处了。

一直以来，他都对乔装打扮有自己独特的看法，认为假发、化妆缺少实用价值，难以操作且容易惹人注意。而利用这些简简单单的方法却能轻而易举装扮成另一个人，连日本人都能适用。

翌日，他进入公寓管理员的房间，说自己忽然遇到一点事，要退掉房间，到外地旅行，他将四处漂泊，没有明确的目的地，但伊豆半岛南部将是他的第一站。说完这些，他就带上少量行李动身了。

路上，他买了乔装打扮必不可少的东西，走到一条没人经过的小道上打扮了一番，然后直接去了东京车站。他把行李寄存了，买了张二等车厢的车票，在距离T市两三站的站点上车，混入人群中。

他抵达T市后，用了两天时间，准确说来是一天一夜，用他那种独特的方法，灵活地到处打听，成功达成了此行的目标。此处就不细述他是怎么打听的了，其中的细节过于琐碎。简而言之，他在调查过后确定，他的计划是有可行性的。

他回到东京车站时，是在他从报社记者处收到消息的第三天，即菰田源三郎葬礼后第六天晚上将近八点。按照计划，他要在源三郎死后十天内安排其死而复生，所以他只余下四天时间了。在此期间，他一直在忙碌。

他先是把寄存的行李取出来，走到车站卫生间，恢复了自己的本来面目。然后，他来到灵岸岛汽船码头，准备搭乘晚上九点钟的船前往伊豆半岛南部。

抵达候船室时，他听到当当当的铃声在船上响起，是在催乘客上船。他买了张二等船舱的票，目的地下田港。码头上黑漆漆的，他提着行李跑过去，从结实的木板跳上船。

出发的汽笛声响起，“呜——”，这一刻，他的脚刚刚踩上船舱。

六

只有不到十几平方米的二等舱位于船尾。两个中年男乘客先行抵达这里，都是没有见识的乡下人，相貌朴实，皮肤黝黑，身穿毛衣、毛外套，显得土里土气，木木呆呆。对人见广介来说，这是最好的安排。

人见广介走进船舱，一言不发。他坐到远离两个男乘客的角落，以躲避他们。船舱里有为乘客准备的毯子，他躺上去，假装休息。不过，他并未入睡，时刻留意着身后的二人在做什么。

引擎发出轰隆隆的巨响，他浑身上下都随之微微颤动，脆弱的神经感到难以承受。铁丝网灯罩下射出昏暗的灯光，照着躺着的他，在毯子上投下一道长影子。那两个男人坐在他身后低声说话，好像互相认识。他们的说话声和引擎声共同汇成了让人昏昏沉沉的催眠曲。海上风平浪静，海浪声低沉，他一动不动躺在那儿，几乎感觉不到船在摇晃。这两三天的兴奋缓和下来，空虚的内心生出一种忐忑，无法用语言描绘。

“你还是早早放弃吧，眼下还来得及。马上醒醒，否则一切都将无法挽回。那是个疯狂的念头，你真要为此拼上一切吗？你在开玩笑吗？你的精神还正常吗？你是不是已经疯了？”

他越来越觉得忐忑不安。可这个计划太吸引人了，让他如何割舍？另有一种声音随着这种忐忑在他心头响起，劝说他。他到底为何忐忑？是什么地方出了纰漏？到了这一步，为何要放弃已制订妥当的计划？计划中所有细节在他脑海中逐一闪现，他很确定，所有细节都绝不可能有纰漏。

忽然，他回到现实中。不知何时，那两个乘客安静下来。从船舱另一侧传来俩人此起彼伏的呼噜声。他翻身从眯缝着的眼睛里看到俩人满不在乎地睡成了两个大字，睡得那么香，一点戒备之心都没有。

一个声音在他心头催促着，赶紧行动起来。他马上意识到，机会来临了，如同弓箭搭在弦上。他像得到了神明的指示，毫不犹豫地打开枕头旁边的行李，拿出一块从和服上撕下来的破布片。布片是用旧了的碎花棉布，约有五六寸大，撕得乱七八糟。他拿着这块布，把行李恢复原样，然后跑到甲板上，一路上小心翼翼没有发出任何声音。

已经是夜里十一点多，甲板上空无一人。服务生、船员前半夜有时会到船舱查看，这会儿应该都回去休息了。前面比较高的甲板上多半有舵手通宵不睡，时刻留意船航行的方向。不过，人见广介从这边望过去，根本看不到一个人影。他从船舷往下看，只见浪花翻滚，船尾拖着一条发光的长带子，那是萤火虫的光。抬头能看到三浦半岛迎面压过来的庞大的黑影，还有渔村明暗不定的灯火。船向前行进的过程中，天空中无数星星也在向前行进。引擎和浪涛撞击船舷的巨响一直没有间断。

他完全不用害怕计划露馅。好在春末的海洋就像睡着了一样宁静。远处陆地的阴影越来越近，因为船走的不是普通的航线。他现在只需做一件事，就是等船抵达跟陆地最为接近的预设地点。他很清楚这一地点在何处，他曾多次乘坐这条航线的船。然后他只要在海里游上几百米，同时小心别让人发现即可。

黑暗中，他四处寻觅，在船舷栏杆外面发现了一枚凸起的钉子，将那块碎花棉布钩在钉子上，以免被风刮走。他躲到船帆背后，把布料相同、穿在最里面的旧和服脱下来，把袖袋里的钱包、乔装打扮的工具紧紧包裹起来，做成一个包袱，防止里面的东西掉出来。他将这个包袱紧紧捆在背后。

“现在好了，只是水很凉，忍一忍也就过去了。”

他从船帆背后爬出来，将甲板四下扫视了一遍，确定无人就往船舷上爬，好像一只大壁虎。他爬到船舷上，从栏杆上翻过去，动作敏捷。在此之前，他考虑过很多次，一定要抓住某样东西跳到海里，不能发出任何声音，也不能被卷进螺旋桨。最佳时机便是船行驶到海峡转弯处，速度放慢之际，船在这时距离陆地是最近的。他抓住船舷上的一根绳子，急切等待船转弯，做好了随时跳海的准备。

在这种紧急时刻，他却异常镇静，真让人无法想象。从航行的船上跳海，游到对面岸上，不算犯罪，也不必冒多大风险，毕竟距离很近，对于自己的游泳水平，他满怀信心。可要实施那个可怕的阴谋诡计，这便是开始，对此他不可能没有半分忐忑，否则就背离了他的性格。他没想到事到临头，自己居然能表现得这样镇静。之后，他回想起自己开始执行计划后，就越来越大胆了，这样的他连自己都感到陌生，这种变化可能就是从趴在船舷上时开始的。

船很快靠近了他的目标地点，船舵上的锁发出咔嗒咔嗒的响声，预示着船马上就要转弯了，速度也将放缓。

“行动吧！”他松开绳子时，心剧烈跳动起来。刹那间，他拼尽全力蹬一下船舷，身体平着滑进海面，尽量与船拉开距离，不要发出什么声音。

落水时，“咕咚”响了一声。遍及全身的寒冷、无处不在的海水的压力、拼命挣扎依旧无法浮到海面上的急躁，全都向他涌来。他依旧不忘避开螺旋桨，竭尽所能划水、踢水。事后回想起来，他根本不知道自己是如何远离船舷旁的漩涡，又是如何游过尽管无风无浪却冰冷刺骨、长达数百米的大海的。这种求生的欲望，连他自己都赞叹不已。

他在这天晚上迈出了通往计划成功的第一步。此后，他在一片漆黑中倒在一座陌生的渔村海岸边，只觉精疲力竭。他躺在那儿等候黎明到来。

等到朝阳初升时，他穿上还没完全干的衣服，做了一番乔装，出发了，目标好像是横须贺。这时，村民们都还没起床。

七

直到昨晚还是人见广介的男人到了大船换乘站，在一家廉价的旅店待了一天。第二天下午，他登上火车三等车厢，前往T市。火车到站时，天刚好黑了。这次上火车，他照旧做了一番乔装。大家可能已经想到，他是为了等报纸上登出自己自杀的新闻，确定看自己的戏有没有骗过世人，才白白浪费了这宝贵的一天。这时，他乘火车前往T市，说明他已得偿所愿，报纸上刊登了他想看到的新闻。

新闻以“小说家自杀”作为标题——他能被称为小说家，都是死亡的功劳。所有报纸都报道了他自杀的新闻，只是标题并不醒目。有内容比较详细的新闻提到，在他的遗物中找到了一本写着人见广介这个名字的笔记簿，其中有些关于厌世、自杀的句子。也许有人看到了钩在船舷钉子上的碎花棉布，猜测是哪个跳海自杀的人不慎留下的。好好辨认一番，这块布似乎来自他身上。死者是什么人、为何要自杀，就这样查清楚了。他成功实施了自己的计划。

好在他伪装自杀，不会有亲人为他伤心痛哭。他在老家有位兄长，一早便已成家。他读书的学费大多都是兄长给的，可兄长已对他不抱任何希望了。另外，他还有两三个亲戚。得知他死了，这些亲戚可能会为他可惜、哀叹。他会因此感到少许愧疚，但这种愧疚十分有限，因为他早在心里做好了准备。

他把自己从世间抹除后，感到一阵失落与迷茫。他已从国家的户籍上消失了，人世间再无他的容身之所。他在这个世界上变成了真正的异乡来客，没有亲人，甚至没有姓名。他念及自己当前的处境，便觉周围的乘客和窗外的风景、树、房屋都显得很虚幻，好像在另外一个世界中，跟他隔了一层玻璃。他感觉自己像获得了重生，一切都是崭新的。与此同时，他又感觉很孤独。作为一个孤独的男人，他还要在此后的日子里做一件了不起的事，那已超出了他的能力范围。这种无法形容的孤独让他难以自控，几乎流下泪来。

不过，他再感伤，火车也不会受影响，一刻不停地向前进。入夜后，火车很快到达了 T 市。走出车站，人见广介马上前往菰田家墓地所在的菩提寺。

这座寺位于城郊，周围一片荒芜。九点过后，四周人迹罕至。人见广介不用担心暴露自己的行踪，唯一要小心的是寺内的管理员，不要被其发现。周围零零散散分布着一些农户，要从他们的仓房偷一把铁锹并不难，他们夜里休息时也不会关上门窗。

稀稀疏疏的篱笆围在田间小道上，从篱笆缝隙钻进去，就到了墓地。天上有很多星星，虽无月亮，也很明亮。他之前来考察过一次，很容易就能找到菰田源三郎那座刚刚建起的坟。从石塔林进入寺中正殿，从关闭的木窗缝隙窥视殿内，一点声音都没有，好像所有人都休息了。毕竟此处这样偏僻，大家每天早上还要早起。

他确定没什么问题，就顺着先前的小道溜到附近一个农户家里，轻而易举找到一把铁锹，来到源三郎墓前。这些事花费了很长一段时间，因为他必须藏在暗处行事，且要像猫一样轻手轻脚。将近十一点时，他才来到墓前。不过，现在正是实施计划的好时机。

在一片漆黑中，他开始挥动铁锹挖掘坟墓，这可真叫人毛骨悚然。坟墓是刚刚建成的，挖掘起来并不费力，但是想到坟墓里埋了什么，他便感到一阵无法言喻的恐惧与颤抖。哪怕这些天他已经经过了很多事，又被贪欲刺激得近乎发疯，也无法控制这种感受。然而，刚用铁锹铲了几下就露出了棺材盖，他便顾不得这些感受了。

走到这一步，迟疑也好，害怕也罢，都已太迟。他不得不勇敢地推开白木棺盖上的土，棺盖在黑夜中闪烁着白色的光泽。他将铁锹插到木板的缝隙使劲儿一撬，听到一次刺耳的“吱吱”声，很容易地打开了棺盖。

刹那间，周围的泥土好像受到鬼魂驱使，一下塌下来，掉进棺材里。他大受惊吓，几乎活活吓死。一股可怕的臭味在棺材盖打开的瞬间，涌入他的鼻子。源三郎已经死去七八日，尸体应该开始腐烂了。他看到尸体之前，先被这阵臭味吓退了。

对于坟墓，他并无多少畏惧。挖开坟墓前，他一直很镇定。然而，打开棺盖后，他要直接面对几乎是另外一个自己的尸体，便感到一种难以名状的恐惧，在他的灵魂深处，好像正有鬼魂安静、缓慢地往上爬。他如此恐惧，简直要大声叫出来，马上逃离现场。这种诡异的恐惧并非来自鬼魂，而是一种更真实、更具体、更无法言明的恐慌，远超过在庞大、黑暗的空间中，在烛火下，看见自己在镜中的影子时产生的恐慌。

石塔林立在寂静无声的星空下，好像数不清的人静静站在那儿。墓穴黑洞洞的，像不知什么野兽张大的嘴巴。这一切就像描绘地狱的恐怖画卷，而他本人也进入了这画卷中。打眼望去，黑漆漆的墓穴底下面目模糊的尸体就是他自己。这种模糊更增加了他的惶恐。墓穴底下是一件散发着白色光芒的寿衣，死者的头部露出来，融入黑夜，看起来一片模糊，却更能让人产生恐怖的联想。尽管几乎不可能，但这不可能也许真的发生了，菰田没死，在他把坟墓挖开时，菰田又活了，一如他的计划。

恐惧迅速蔓延至他全身，让他心头一阵茫然。他极力将这恐惧压下去，咬咬牙，伸着双手去摸墓穴底下的尸体，腹部都贴到了墓穴边沿。起初，他摸到了好像被剃掉头发的头部，一片细细的毛发扎着他的手。微微用力往下按，能感觉到一种反常的软，好像一用力就能让皮肤撕裂开。他很害怕，马上收回手来，不想继续感受这种令人作呕的触感。他平静一下，又开始伸手摸索，好像摸到了尸体的嘴。手指碰到硬邦邦的牙齿，牙齿中间好像咬着棉花，软软的触感有别于快要腐烂的皮肤。他胆子大起来，接着在嘴巴旁边摸索，发现菰田的嘴比活着的时候大了十多倍，真是奇怪。菰田的嘴唇向左右两边裂开，暴露出臼齿和牙床，好像女鬼面具。这是他亲手摸到的，并非在黑夜中产生的错觉。

他忽然又感到恐惧，无法自控。这不是因为他怕死者猛地张开嘴，把他的手咬住，而是因为他明白死者的嘴为何会张大到这种程度，因为死者在器官停止运作后，还想继续呼吸，便极力收缩嘴巴旁边的肌肉，让嘴唇张大到活人不可能达到的程度。这原因让他害怕，他仿佛看见了死者濒死之际苦苦挣扎的可怕一幕。

这些感受只不过是皮毛，就已经让人见广介耗光了所有精力，忍无可忍。他想起自己还要把腐烂的尸体从坟墓里搬出来，更要完成另外一项更可怕、更沉重的工作，不由得又开始后悔自己竟会制订出这样一个愚蠢、草率的计划。

八

为了得到巨额财富，人见广介已失去理智。不过，他能忍受这样的刺激，可能是因为他得了某种精神疾病，头脑失常，以至于在面对一些情况或事情时，神经麻木了，这是一切罪犯的通病。一旦犯罪带来的恐慌超过某种限度，耳朵就会像被塞住了一样失聪，也就是良心变成了聋子。作恶的智慧正好相反，敏锐得仿佛被磨得锋利的剃刀，能像精密的机器一样兼顾一切细枝末节，心静如水，随意行动，完全不像人了。

触碰到菰田源三郎半腐烂的尸体的瞬间，广介害怕到了极致，旋即变得麻木。他继续实施计划的每一步，行动毫无漏洞，麻木如同机器。

菰田尸体已经高度腐烂。他极力避免破坏尸体，为此神经紧绷，动作小心。

接下来，他要做的是让菰田的尸体消失。让广介从这个世界消失不算困难，可要瞒过所有人处理掉一具尸体，却并不简单。丢进水里、埋入土里等方法都可能失效，尸体会再浮上来，或被人挖出来。一旦源三郎的尸体被人发现，就算只是一根骨头，也会毁掉他的一切计划，把他变成可怕的罪人。正因为这样，他从第一天夜里就开始苦思如何才能把尸体处理掉，再没有比这更难解决的问题了。

最终，他想出了一个好法子。其实要解决这个难题，钥匙就摆在眼前，关键在于把钥匙找出来。菰田家先人的坟墓与菰田的坟墓相邻，他准备把菰田的尸体埋进其先人的墓中。菰田家应该不会有哪个不肖子孙会做出挖掘先人坟墓这种事情来。就算将来出了什么事，不得不将祖坟迁到别处，届时广介应该也已去世了，并怀揣着美梦成真的无限满足。即便出了什么让人意想不到的事，菰田家的子孙发现一个墓穴中埋葬了两个人，广介也有信心，不会有人知道多出来的骸骨是哪位先人的，也不会有人想到此事跟广介的阴谋有关。

广介又开始挖旁边的坟墓，硬邦邦的泥土让他颇费了一些力气，出了很多汗。然而，这是值得的，他最终挖到了一些像骸骨一样的东西。棺材自然早就腐烂了，没有留下半点痕迹。墓穴中零零散散分布着一些坚硬的白色小骨头，在星光中泛着暗淡的光泽。因为时间久远，这些骸骨就像干净的白色矿物，没有臭味，也丝毫不像某种生物的骨头。

面对着黑暗中两座挖开的墓穴和一具腐烂的尸体，广介静静站立了良久，以便集中精力考虑周全，不要有半点疏漏。他极力振作起来，把自己的头脑变成了照亮黑暗中一切事物的火焰。

片刻过后，他剥掉了源三郎尸体上的白色寿衣，并硬生生拽下其手上的三枚戒指，动作不带任何感情。他用寿衣包裹好戒指，放进怀里，接着很不耐烦地手脚并用，把脚下那堆赤身裸体的肉推下刚刚挖开的墓穴。他伏在地上摸索周围的泥土，仔仔细细摸了个遍。确认没有留下半点蛛丝马迹之后，他用铁锹将泥土填回墓穴，把墓碑立好，并将之前挪开的荒草、苔藓放回原处。

“好了。可怜的菰田源三郎从此将替代我，而我从现在开始就成了真正的菰田源三郎。至于人见广介，他已从这个世界彻底消失了。”

从前的人见广介站在那儿，昂首望着星辰闪烁的苍穹。黑漆漆的圆形苍穹、闪着银光的繁星，在他看来如此精致，讨人喜欢，简直像玩具一样。它们好像正在为他的前程低声祈福。

一座刚刚建好的坟墓被挖开，其中的尸体不知去向，任何人见到这一幕都会大吃一惊。没人会想到这可怕的事竟有幕后黑手，此人将尸体埋到了旁边的墓穴中瞒天过海。就在大家都被吓得不知所措时，菰田源三郎会穿着寿衣出现在大家眼前。到时大家马上就会把关注点从墓穴转移到他的死而复生上，这件事真是太匪夷所思了。接下来的戏能不能演出成功，全看他的演技，他对此满怀信心。

天色很快亮起来，灿烂的星光渐渐变得暗淡，周围各处响起鸡鸣声。在这暗淡的天光中，他必须尽快收拾一下菰田的墓穴，使其看起来像死人活过来破棺而出。然后，他从篱笆缝隙中小心翼翼钻出去，努力不留下任何脚印。走到外面的田间小道后，他处理掉铁锹，带着原先的乔装朝镇上走去。

九

一身寿衣的他就像刚刚死而复生，爬出棺材，踉踉跄跄往家走。一个小时后，他走了还不到三分之一的路程，已经精疲力竭，倒在一片茂密的森林旁，浑身满是泥土。过去的一天一夜，他水米未进，又埋头苦干了大半夜，脸色十分难看，更增加了这场戏的可信度。

他本打算把尸体埋起来后，马上穿着寿衣赶到寺中僧人及其家眷的住所，轻敲木窗。然而，看到尸体后，他发现死者的头发、胡须都被剃光了，可能是本地有为死者剃掉须发的习俗。于是，他也需要剃光头发。他马上在郊外一家小小的五金店买了把剃刀，躲进森林，花了很多时间才把头发剃光。他仍是那副乔装打扮后的模样，去理发店也不会被人怀疑。不过，理发店不会那么早开门。他便买来剃刀自己动手剃，以免出什么差错。

剃完头发，他马上穿戴好寿衣和从死者手上拽下来的戒指。至于他换下来的衣服，都被他放到森林深处的低洼处焚毁了。他把余下的灰烬处理好，这时太阳已经升起，不断有人出现在森林外边的路上。他再想从这里回到寺中，可能会遭遇意外。他没办法，好不容易才在离路面不远的草丛中找到一个地方，躺在那里假装晕过去了。

路边是条小河，细叶灌木在河岸上密集分布，树枝垂下来，差不多碰到了河面。旁边是疏疏落落长着高大松树、杉树的森林。他尽可能紧贴着地面，从灌木中爬到目的地，不要让路上的行人发现。然后，他躺下来，大气都不敢喘。从灌木丛的缝隙中，他能看见路过的农夫的脚脖子。他渐渐平静下来，又开始觉得很矛盾。

“又回到原先的计划了，现在只需等待别人发现我。可我只不过是泅水渡海、挖坟刨尸、剃掉头发，这样就能得到巨额财富吗？事情是否太简单了？我是不是做了一件蠢事？可能我做的事早被大家看穿了，大家之所以佯装一无所知，不过是想看我丑态毕露。”他的思绪正常了一点。

这时，一身寿衣的他被一帮人发现了，那是些农夫的孩子。他们看到这反常的一幕，吃惊地叫起来。他本就满腹忧虑，这下更严重了。

“哎，瞧，什么东西躺在那儿？”四五个孩子刚要去他们的森林乐园玩耍，一个孩子被一身白衣的他吓得退后一步，低声跟其余孩子说。

“那是什么，是疯子吗？”

“是死尸，死尸！”

“我们过去瞧瞧。”

“过去瞧瞧！”

这几个孩子都是十几岁的年纪，穿着手织毛衣，毛衣手工粗劣，袖子的长度只到肘部，上面的花纹几乎磨光了，看起来脏兮兮、油乎乎的。他们一边低声说话一边惶恐地朝他走过来。

几个脏孩子吸着大鼻涕缓缓走上前来，带着满脸的好奇与惊恐，像在观赏什么珍稀的展品。这一幕多么可笑，人见广介一想到这一点，就感到一阵莫名其妙的忐忑与恼怒：“真想不到会是一群农民的小崽子最早发现我，我可真要丑态毕露了。他们很快就会把我当成玩具，对我极尽羞辱，难道这就是我的结局吗？”

他深感绝望，却不能起身痛骂那些孩子。他必须继续假装晕倒，不管面前是什么人。所以当这些孩子胆子大起来，甚至开始触及他的身体时，除了极力忍受，他什么都不能做。他觉得这一幕太荒诞了，简直要忍不住站起来狂笑。

“哎，去告诉大人们！”一个孩子很快说道，刻意压低了嗓门。

“好，现在就去！”其余孩子纷纷应道，跑去找父母，告诉他们自己发现了一个怪人躺在地上。

脚步声越来越远。没过多久，一帮人乱哄哄的声音从路那头传来。几个农夫跑过来叫嚷着，很快抱起他来。其余人得知此事，也纷纷赶来。他身边迅速聚集了一大群人，声音越来越响。

“哎呀，这不就是菰田老爷吗？”有个人好像认识源三郎，在人群中大叫起来。

“是他，是他！”有两个人附和着。

有人意识到，菰田家的墓地出了事。“菰田老爷爬出墓地，死而复活”这件奇事在乡民们中间热热闹闹传开，并被加入了很多夸张的成分。

菰田家的财富在T市乃至整个M县都首屈一指。菰田老爷去世，下葬十天后又死而复生，从棺材里爬出来，当然会让当地人惊讶至极。村民们全都放下农活忙活起来，有的去向T市的菰田家报告此事，有的去了菩提寺，有的去叫大夫。

从前的人见广介终于看到自己的计划生效了，猜想这项计划或许不会落空。是时候发挥自己的演技了，于是，他在众人面前装出刚刚醒来的样子，张开双眼，一脸迷茫，环视众人。

“哎呀，老爷，您醒啦？”将他抱在怀里的男人在他耳边大叫。

其余人也都把脸凑过来，农民嘴里发出的臭气一下涌入他的鼻子。那一双双眼睛都闪闪发光，眼神中不带半点质疑，全是质朴与信赖。

可广介并不会因他们的反应改变自己的表演顺序，他面无表情，沉默不语，注视着大家。为了避免在谈话中露出破绽，弄清楚情况之前，他要一直装出这种迷迷糊糊的样子。

直到他被送进菰田家的大厅，这场混乱才宣告结束。在此就省略这个漫长拖沓的过程不说了。简单说来是这样的，菰田家的管家、仆人、医生收到消息，马上坐着汽车赶过来。菩提寺的僧人也跑到郊外的森林里来。寺中的杂役、警察署长和两三位警官，以及其余收到紧急情报的菰田家亲友全都赶过来，急切得像要来救火。周围一片混乱，仿佛战争爆发，菰田家的声望、权势由此可见。

人见广介在众人的簇拥下来到菰田家，这里现在已经成了他家。他严格遵循最开始的计划，在躺到主卧那张连见都没见过的豪华床上之前，一直一言不发，好像哑巴。

十

他做了整整一周的哑巴。在此期间，他躺在床上，不断用耳朵、眼睛小心观察菰田家一切固有的规矩，暗中留意大家的性情、家中的氛围，尽量与之融为一体。他看上去是个昏迷不醒、半死不活的病人，却用头脑调集一切神经捕捉周围所有信息，迅速做出准确判断，好比一个正以五十英里的时速飞速驾车的司机——当然这个比方有些反常。

医生的诊断跟他的预计基本相符。作为菰田家的家庭医生、T 市数一数二的名医，这位医生在解释这一令人难以置信的死而复生事件时，只提出了一个一般人根本听不懂的专业术语——全身僵硬症。为了证明自己做出病人已死的结论时并不轻率，医生用多种案例解释了死亡诊断的难度。

透过眼镜，医生环视围在广介枕头旁的众多亲戚，不停地用难以理解的专业术语解释羊癫风、全身僵硬症、假死之间有何关联。这番解释，亲戚们虽然听不大明白，好像觉得也很欣慰。就算医生没有完全解释清楚，但既然本人已死而复生，大家也不必再有什么怨言。

带着满脸忐忑与好奇，医生又为广介做了一次体检，随即露出什么都明白了的表情。广介求之不得。大部分医生遇到这种事，都只想着如何把自己的错误圆回来，根本不想深究病人的身体变化，哪怕明明看出了一些变化。即使他还有余暇对广介生出疑心，也断然不会想到此人并非源三郎，而是另外一个人顶替的，这实在太荒诞了。死而复生的人出现一些身体变化并不奇怪，毕竟此人死了都能再活过来。在这种情况下，专业的医生也很难做出正确判断。

病人是因羊癫风发作，即医生所谓的全身僵硬症而死。病人的内脏一切正常，若有些虚弱也很合理，只要多吃些有营养的东西就行。所以广介只需要装出精神不振、沉默寡言的症状即可。他很快乐，没有任何痛苦。不过，家人还是尽心尽力照料他。每天，医生都会过来给他做两次检查。有两个护士和女用人一直在他床边服侍。老管家角田和亲戚们也经常过来看他。大家好像都很担心他，走路蹑手蹑脚，讲话压低声音。广介觉得他们愚蠢可笑。以前，广介觉得上层社会肯定非常庄重，想不到竟跟小孩过家家差不多，这让他感触良多。菰田一家全都如此微不足道，只有广介一人是重要角色。他感到失望："真想不到事情竟会这样！"他有了这样的经历后，自觉已经能够明白古往今来那些英雄人物、重罪犯高高在上的心境了。

他完全看不起这些人，但有一个人却让他心生畏惧或者说感到难以应对。因为此人，他一直无法安心。此人便是他的太太，准确说来是已故菰田源三郎的未亡人，名叫千代子。她还很年轻，只有二十二岁。广介基于种种原因，一直很害怕千代子。

之前，广介到过T市一次，听说菰田的太太非常年轻，非常漂亮。到这儿以后，他天天见到她，对她越来越了解，发觉相较于远观，近看时她更迷人。她对他的照料自然也最尽心尽力，显然，她跟已故的源三郎感情很深。广介因此越发不安。"这个女人一定会成为我了不起的事业中最大的绊脚石，绝不能对她放松警惕。"他向自己发出了这样的警告，时刻神经紧绷。

第一次跟她相见的情景让广介久久难忘。当时，他一身寿衣，被汽车送到菰田家大门口。千代子并未出门迎接他，可能是有人劝说她不要这么做。她听说这件不可思议的事情后大吃一惊，惊慌失措，牙齿打架。她跟很多面色惨白的女用人在门内一条长石板路上转圈子，全身哆嗦，分不清是惊喜还是恐惧。看到车上的广介，她一下露出惊惧至极的神色——她的反应让广介也害怕不已——然后像孩童一样号啕大哭，并跑过来紧紧抓住车窗，被车带着往前跑，姿势很是狼狈。

车停下后，广介被抬出来，还未进入玄关，她就扑倒在他身上不动了。旁边的亲戚觉得不妥，过去拽开她，她又大哭起来。广介看到她的脸离自己那么近，甚至能数清楚她的眼睫毛。他盯住她，却必须假装神志不清，眼神一片茫然。她的眼泪盈满眼眶，雪白娇嫩的脸上满是白色的绒毛，好像没有完全熟透的桃，上面还留下了几道泪痕。柔软的嘴唇似乎露出了微笑，其实是在啜泣。她将滑溜溜的胳膊放到他肩上，她的胸部起起伏伏，好像小山，让他的胸膛感受到一阵暖意。她独有的清淡香气进入他的呼吸，好像在引诱他。那种难以用语言形容的心情让他毕生难忘。

十一

随着时间的推移，人见广介对千代子那种无法言喻的畏惧不断增加。

他卧床养病的一周，数次陷入险境。一天夜半时分，他突然被一个可怕的噩梦吓醒，看到有人趴在他胸前，凌乱的黑发散落下来，盖在他胳膊上。原来是本应在隔壁休息的千代子不知何时来到了这里，努力压低自己的抽泣声。

“千代子，千代子，别担心，我没事了，跟从前的源三郎没什么两样，你都看到了。哎，别哭，快笑一笑，我想瞧瞧你那可爱的笑脸。”他险些说出这番话，好不容易才吞进肚里，假装仍在睡觉，没发觉任何异样。此前，广介完全没想到会出现这种情况，真叫他心惊胆战。

抛开千代子引发的畏惧不提，广介根据预定计划，四五天后开始讲话，讲得磕磕巴巴，用卓越的演技把一个神经麻痹的病人逐渐恢复的状态演得惟妙惟肖。随后，他根据这些天在床上的所见所闻和据此做出的推测，假装非常艰难地回忆起来。凡是不确定的事，他都不提。若有人提到，他就面无表情，一言不发，假装忘了。他装了这么多天的哑巴，就是为了让这场戏更加可信。结果一切如他所料，身边人看到他忘了本应知道的事或张冠李戴，也不会对他产生任何怀疑，只会对他的悲惨经历表示同情。

有段时间，他一直假装自己还稀里糊涂的，用错误的猜测换取真实的情况，很快就对菰田家的事情有了全面、清晰的了解。医生说他的身体已基本康复。于是，大家在他到菰田家半个月时，举办了一场隆重的宴会，庆祝他的康复。菰田家的亲戚、菰田家各个企业的主管、管家和服务多年的仆人们，这些跟菰田家有关的人全都聚集到宴会上。通过跟这些人的友善交谈，广介得到了很多情报。翌日，他便决定朝自己的理想迈出最关键的一步。

“我好像完全康复了。为了让我模糊不清的记忆变得更加清晰，我想借此机会，去看看我的企业、农田、渔场等产业，据此为菰田家的财政做出更好的规划。你去安排一下。”早上，广介对角田管家下达了这一指示，准备第二天就在角田和两三个仆人的陪同下启程，去查看遍布本县各个地区的产业。

老管家角田非常惊讶，主人从前那么消极，死而复生后变得如此积极，像换了个人一样。角田赶紧劝阻广介，说此举可能会让主人的身体吃不消。角田是一片好意，却被广介怒斥，吓得缩成一团，只能对主人唯命是从。

这次走马观花的巡视也花费了足足一个月。广田查看了自己拥有的无边无际的原野、人迹罕至的茂盛森林、庞大的渔场、木材加工厂、鳕鱼干加工厂、各类罐头厂，以及菰田家投资的其余产业。得知自己拥有如此庞大的财富，他再次感到巨大的惊讶。

他在这段时间内到底看到了什么，想到了什么？时间有限，在此就不详述了。简而言之，他已确定，自己根据老角田此前交给自己的账簿估计出的财产总额，跟自己实际拥有的财产总额并无出入，后者甚至超过了前者。

他每到一个地方，都会受到热情款待。他不停地思考，要将这些不动产、盈利产业处理掉，换成现金，采用哪种方法效果更好？要避免身边人发觉此事，最好以哪里作为切入点，要遵循怎样的先后顺序？哪家工厂的经营者不好对付，哪片山林的管理员一脸蠢相？也许更恰当的做法是先出售山林，再考虑工厂，要是附近有经营山林的人想购入新的山林就好了。

除此之外，广介还借着跟老角田一块儿外出的机会，极力拉拢他。最终，广介跟他成了交心的朋友，将来处置财产时，就多了一个可以商议的人。

广介此次出行，完全变成了富翁菰田源三郎，根本不必刻意表演。负责管理各项产业的工作人员对他没有半点疑心，全都十分恭敬，见到他马上磕头。他到任何一家旅店，都会受到王侯般的待遇。所有人都不敢直接盯着他看，那样很没有礼貌。他到任何一个地方，都能遇到源三郎的熟人。有些跟源三郎相熟的艺伎还会拍着他的肩膀，亲昵地说：“很久没有见到先生了。”他的胆子因此越发大起来，他的演技随着胆子的增大越发纯熟。他开始相信，穷书生人见广介根本没在世间存在过，不用再担心有人会戳穿他的真面目。

他经历了如此惊人的改变，自然会觉得像梦一样。一种从未有过的快乐袭来，这种快乐更像是一种荒诞，像是进入梦境，心里空荡荡的，飘在云端。他感到了一种难以言喻的矛盾心情，有时非常急躁，有时又非常镇定。

他就这样有条不紊地执行着自己的计划。然而，在他早有准备的地方，恶魔并未出现。在他没有想到的对面，恶魔的身影却逐渐显现，侵袭他的内心。

十二

广介沿途受到了各种款待，十分满足。可是千代子的影子总是在他心头浮现出来，他的心完全被她泪水盈盈的睫毛吸引了，完全抗拒不得。他对她着了魔，但在思念之余，又无法摆脱畏惧的情绪。每天夜里，他都会梦到她，他总是偷偷回想起她柔软的手腕留给自己的触感，为此失魂落魄。

广介现在已经变成了源三郎，千代子既是源三郎的太太，广介自然可以随心所欲地爱她。她自然也怀着相同的渴求。可广介却为了这个看似能轻易达成的愿望受尽煎熬。他有时会一时冲动，想对她完全坦白，连自己此生的梦想都毫不隐瞒，全不理会这一夜过后，一切都将彻底毁灭，他宁愿如此轻易地放弃一切。

他最开始的计划根本没想过自己会被千代子深深吸引。他原先准备只跟千代子做名义上的夫妻，让她自动跟自己保持距离，以免露出破绽。虽然不管容貌还是声音，他都跟源三郎十分相像，连源三郎的熟人都能骗过，但是一旦在卧室中卸下所有伪装，当着源三郎未亡人的面，将自己赤身裸体暴露出来，还是很不妥当的。对于源三郎，千代子一定有非常全面的了解。对于他的一切小习惯、小特点，她都了如指掌。只要她在广介身上发现一处细节跟源三郎不一样，都会马上识穿他的真面目。如此一来，他的阴谋可能就藏不住了。

“千代子再美好，你也要想想你那了不起的梦想，你拼命想要达成的梦想，难道要为了一个千代子放弃吗？一旦达成了这个梦想，你将进入一个迷人的世界。跟这个世界的吸引力相比，一个女人实在算不了什么。现在你要做的是回想你平时想象的理想国，就算只是回想其中一小部分也好。男女之间的世俗爱情与之相比，实在太不值一提了，不是吗？你已付出了这么多，岂能为了这点诱惑功败垂成？你该追求更伟大的目标。”

他不断在现实与梦想之间徘徊，既不能舍弃梦想，也难以抗拒现实巨大的诱惑。这种矛盾让他烦恼不堪，其余人对此却一无所知。

他终究还是舍弃了千代子，因为无法割舍前半生的梦想，又生怕自己的罪恶暴露出来。其后，他像是为了消除哀伤，从脑子里清除千代子那张孤独愁苦的脸，开始将所有精力都倾注在了不起的事业中。

他考察完毕，回到菰田家后，就把那些最不为人注意的股票都换成了现金，为建设理想国做准备。接连数日，他聘请的画家、雕塑师、建筑师、土木技师、园艺师等频频登门拜访，根据他的命令展开一项全新的设计。他还派很多人出去采购树木、花卉、石料、玻璃、水泥、铁等大批货物，部分人甚至远赴南洋采购。他有时也会采用直接给生产厂家发订单的方式。采购期间，他从各个地区招募了大量工人、木匠、园丁，以及少量电工、潜水员、船工等。

说来奇怪，从这时开始，菰田家每天都要雇用很多女人，不知是为了做杂役还是女用人。到了后来，这些女人多到家里的房间都住不下了。

设计图纸经过多次改动，最终确定在S郡最南边的小岛冲之岛建造理想国。此后，设计事务所迁到了岛上，迅速建起一座临时性的简陋小屋。技术人员、工匠、建筑工人，还有那些不知什么来历的女人都来到岛上。各种订购的材料先后送到，令人瞩目的庞大工程在岛上动工。

广介如此粗暴行事，却没有给出任何理由。菰田家的亲戚及菰田家名下各项产业的负责人自然不能放任不管。工程建设期间，除了与设计相关的技术人员，广介的会客厅还接待了一些动辄怒斥广介行事鲁莽，要求他马上结束这一不知所谓的建筑工程的人。制订计划时，广介就料到会出现这种情况，并想好了要消除这些争议，需要拿出菰田家超过一半的财产。这些亲戚在社会上都没有菰田家地位高，拥有的财产也比菰田家少得多。广介准备如有必要，就慷慨地拿出大量财产，交给这些人平分，这样就能轻而易举让他们闭嘴了。

广介就这样度过了作战的一年。其间，他历尽艰苦，不知多少次想放弃自己的事业，结果还是坚持下来了，而他跟太太千代子的关系已无法挽回。这些内容在此就不详述了，大家发挥自己的想象力即可。我要加快速度，好让大家早点读到故事中最关键的情节。简而言之，菰田家积攒的巨额财富让广介顺利化解了所有危机，毕竟金钱能让一切不可能变为可能。

十三

虽然广介用巨额财富解决了各种难题，压下了一切反对的声音，但这些财富在千代子的爱情面前却软弱无力。千代子的娘家人也被广介用财富收买了，可千代子本人内心无法消除的哀伤，却是广介用任何方法都宽慰不了的。

丈夫死而复生后性情大变，这太奇怪了，好像一个谜，她无法想象其中的隐情，满腹哀伤无处倾吐，除了独自忍受，没有任何选择。另外，丈夫如此粗暴行事，会给菰田家带来严重的财务问题，她同样也很忧心。然而，最让她烦恼的不是现实的财务问题，而是怎样挽回丈夫的心。无论白天还是黑夜，她始终无法摆脱这种烦恼。过去深爱着她的丈夫经历了那件事后，就对她冷漠至极，像变了一个人一样，她怎么想都想不通。

“他冰冷的目光让我胆战心惊，可那种目光绝非对我的仇恨。他眼中经常浮现出初恋的隐晦感情，让我很不解。过去，他眼中从未出现过那样的感情，我能感知到那是一种纯粹的感情。可他对我却是这样的冷酷无情，这究竟是怎么回事？他有过那种恐怖的经历，若性情、身体都跟从前大不一样了，也很正常。然而，他近来看见我就像看见了鬼，想要马上逃走，我不能不起疑心。他若对我满怀厌恶，大可以硬下心肠，跟我离婚。可他却连一句难听的话都没说，更别说离婚了。他在努力隐藏他的感情，我却能看出他的目光一直在我身上，像要紧紧抱住我，这份执着让人困惑。我该如何是好呢？”

广介左右为难，千代子同样深陷矛盾。广介还能从梦想、事业中获得安慰，终日沉浸其中，就不必再面对千代子。千代子却无法得到安慰，她娘家人还反过来责怪她没本事，丈夫才会变成现在这样。单是这一点，她已经觉得很难受了。除了一个陪嫁的奶娘，她无法从任何人身上得到慰藉。丈夫的事业乃至他本人跟她一点关系都没有，她由此感受到了前所未有的孤独和悲伤。

广介自然非常了解千代子的痛苦。大部分夜晚，他都是在冲之岛的事务所中度过的。有时候，他回到家里，不会接近千代子，不会跟她说什么真心话，也不会跟她同房。夜里，千代子总是在隔壁痛苦地抽泣。他听到声音，却不能过去宽慰她，往往自己也会落下泪来，找不到任何出路。

让人无法相信的是，为避免阴谋败露，他居然将这种扭曲的关系维持了近一年。对他们二人而言，一年已达到了忍耐的极限。很快发生了一件事，给他们带来了灭顶之灾。

冲之岛上的工程就快竣工了，土木工程、园林建造都已基本完成。菰田家举办小型宴会，宴请几位功臣。广介因梦想就要变为现实而兴奋不已，热情招待大家。部分参与这项工程的年轻人也来凑热闹。到深夜十二点钟，宴会才进行到尾声。从镇里请来陪客人的艺妓都走了。客人们或是留在菰田家过夜，或是转战到别的地方寻欢作乐。宴会厅中一片狼藉，犹如潮水退去的沙滩。除了喝得不省人事的广介，以及在旁边照料他的千代子，一个人都没剩下。

第二天早上七点多，广介早早醒来，这对他来说很反常。一段美妙的记忆和一种无法描绘的悔恨让他的胸脯不断起伏。他犹豫再三，终于轻手轻脚走进千代子的房间，发现她像变了个人，神情怪异，面色惨白，紧紧咬住嘴唇，静静坐在那儿，注视着空中发呆。

他简直要绝望了，却装出一切如常的样子，问：“千代子，出什么事了？”

千代子没说话，继续坐在那儿发呆。他已预料到她会是这样的反应。

“千代子……”他还想说什么，可叫出她的名字后，他马上沉默了。因为他看到了千代子的目光，那是一种洞悉真相的目光。广介马上意识到，千代子已经从他身上发现了跟死去的源三郎截然不同的特征。

他隐约记得，昨天晚上的一个刹那，千代子突然撇下他，浑身僵硬，动弹不得，像一具尸体。她当时就发现了什么。今天早上，她依旧面色惨白，原本迷迷糊糊的困惑清晰起来。

打从一开始，广介就极力防备着她，为避免蒙受灭顶之灾，他整整一年都在压制自己热烈的感情。结果昨天晚上一时疏忽，铸成大错，无法弥补。全完了。从今往后，她的怀疑非但不会消失，还会不断加剧。若她只将秘密埋在心底，他也不必担心。可他是她丈夫的仇人，是抢夺菰田家财富的罪犯，她不可能这样放过他。这件事将很快传出去，警方会过来调查。若有厉害的侦探介入此事，详细调查过后，一定能查出真相。

广介悔恨不已：“喝醉了也不能犯这种错误，这下全完了，该如何是好呢？”

在千代子的房间中，这对夫妇你看看我，我看看你，都不说话。最终，千代子好像对这种恐惧忍无可忍，低声说：“抱歉，我身体欠佳，想单独待一阵子。”拼尽全力说出这些话后，她立即倒在了床上。

十四

广介在此事过后第四天，下定决心除掉千代子。

经过那一晚，千代子对广介产生了仇视心理，可细细想来，就算她掌握了有力的证据证明他不是源三郎，但世间怎会有人这么相像呢？日本这么大，若在各地仔细寻觅，可能真能找到相像之人，但无法想象此人恰好从源三郎的坟墓中复活，这就像奇异的魔法一样。

“难道是我太多心了？”千代子这样想，为自己行事这样不周全而对丈夫满怀愧疚。

可是这件事的确太可疑了，丈夫死而复生后像变了个人一样，无缘无故在冲之岛大兴土木，又一反常态，对她如此冷漠，现在又发现了一个可靠的证据。她觉得最好的做法是把自己的怀疑向某个人一股脑儿倾吐出来，与之商议对策，而不是像现在这样闷在心里。

当晚过后，广介忧心不已，称病留在家里，不再去岛上监工。他悄悄观察着千代子的言谈举止，对她的心事大致有了了解。他暗想自己现阶段还不必担心什么。不过，他并不能完全放心，因为那天过后，千代子就不再靠近他或跟他讲话了，把他的生活起居都交给用人照料。一旦出了什么事，那个秘密传出去，就会有大麻烦，哪怕只是传到用人那里也是如此。广介一想到这些，就觉得忐忑不安。考虑了四天后，他决定杀掉千代子。

这天下午，他让千代子到自己屋里来，镇定自若地对她说：“我身体好了很多，现在要回岛上，下次回来也许就要等到工程完工了。我准备带你去岛上生活一段时间，你意下如何？你想过去放松一下吗？其实我也想让你瞧瞧我那前所未有的工程，它基本已经完工了。”

千代子依旧心存疑虑，想要拒绝他，找了很多没什么力度的托辞。

广介为了说服她，连哄带吓，滔滔不绝，终于让她不太情愿地答应下来。如此说来，千代子虽对广介怀有疑虑和畏惧，终究还是对他存有眷恋，哪怕他并不是源三郎。随后，俩人开始争论要不要带奶娘过去。最终，千代子让步，不带奶娘。岛上女人那么多，她不带人过去，也不用怕没人照顾她。当天下午，她便跟广介乘火车去了岛上。

火车在海岸上左摇右摆行驶了近一个小时，终于到达 T 车站，有电动船停在那儿迎接他们。他们乘船在海上乘风破浪，一个小时后到达终点冲之岛。

千代子很久没跟丈夫单独出来了，一种难以言喻的恐慌在她心头浮现，还夹杂着宛如初恋的少许欢欣。她暗自祈祷，几天前那个夜晚发生的事只是误会。丈夫在火车和船上流露出罕有的柔情，说了很多话，让她深感安慰。他小心照顾着她，指着窗外掠过的景色，为她做介绍。她回想起蜜月旅行，一种甜美的眷恋之情油然而生。不知不觉中，她忘记了那恐怖的疑虑，祈祷现在的快乐尽可能延长。至于明天会发生什么，她已顾不得了。

船在离冲之岛三十多米处停下来，旁边漂着一个庞然大物，好像浮标。浮标上盖了张铁网，有三米多长，中央处有个宛如甲板升降口的小洞。两个人从跳板跳到浮标上。

“你从这儿好好瞧瞧这座岛。那些像石山一样高耸的是围墙，都是用水泥浇筑的。从这儿看过去，感觉那是岛的组成部分之一，那些美妙的东西就藏在其中。石山旁边有个脚手架，瞧啊，那边正在施工，还没完成。那是一座天堂花园，规模非常庞大。现在去看看我的梦之国吧。这个入口通向海底隧道，我们进去，用不了多久就能上岛。不用害怕，跟我走，我来拉着你的手。”广介柔声说着，握住了千代子的手。

能携手从海底隧道走过，广介和千代子都心满意足。因为广介很清楚自己终究会杀掉千代子，所以更加怜爱、留恋她肌肤的柔软。

入口内是一个竖立的黑洞，往下走十米左右，进入一条过道，跟一般房子里的走廊差不多宽。抵达此处后尚未开始迈步，千代子便不由得惊呼起来。原来这是一条上下、左右都镶嵌着玻璃的海底隧道，能从各个角度欣赏海底的风光。

厚玻璃镶嵌在钢筋混凝土制成的框架上，外侧明亮的电灯将四五米内的海底风光照得清清楚楚。其中有光滑的黑色岩石，剧烈摆动如庞大动物鬃毛的各种海草，张着八条如同车轮的腿、用凸起的吸盘吸住大玻璃的巨大章鱼，以及在岩石表面爬行、如同水蜘蛛的海虾，隐约还有数不清的怪物在黑压压宛如森林的远方挤作一团。在陆地上生活的人根本想象不出这种如同噩梦的场景。

“是不是很惊讶？我们才刚进来，前面还有很多有意思的生物，能让你大饱眼福。”广介骄傲地介绍道，同时安慰着千代子，后者见到如此可怕的场景，吓得脸都白了。

十五

对假冒菰田源三郎的人见广介来说，千代子是他的太太，也不是他的太太。俩人就这样开始了可怕的旅行，像进入了命运开的玩笑。在广介造出的梦之国、地上乐园中，俩人四处游览。

俩人都深深爱慕着对方，与此同时，又不断彼此试探，因为广介一直想杀掉千代子，千代子又对广介满怀疑虑。不过，他们并不彼此仇视，单独相处反倒让他们产生了无比甜蜜的感情。

广介此前已下定决心杀掉千代子，现在却开始犹豫不决，甚至萌生了一种念头，是否要把自己的肉体灵魂都献给千代子以及这段非同一般的感情。

“千代子，你是否寂寞？眼下，只有我们两个走在这海底隧道中……你是否觉得害怕？”忽然，他这样试探千代子。

“不，我完全不觉得害怕。玻璃外面的海洋风光的确很可怕，可我并不畏惧，因为有你陪着我。”千代子说着倚靠在他身上，像在对他撒娇。她完全沉浸在当前的快乐中，已在不经意间抛开了对他的疑虑。

前方的玻璃隧道弯曲了，以诡异的弧度朝远处延展，像一条蛇，又像一条怪模怪样的带子。海底的黑暗连密密麻麻分布的数百瓦的电灯都难以驱散。此处的一切都像属于另外一个世界：隧道阴森森、冷飕飕，海浪撞击在玻璃上，发出仿佛从远方传来的轰隆声，在玻璃外黑漆漆的世界中，生物正在蠕动。

跟随广介前行的过程中，千代子一开始满怀对未知世界的恐惧，这种恐惧逐渐变为了吃惊。而她对周围的景色习以为常后，便热烈地爱上了仿佛梦境的海底世界。

远处的鱼群不在灯光的照射范围内，只能看到它们的眼睛。那闪亮的眼睛如同夏季夜晚河面上飞舞的萤火虫，拖曳着彗星般的长尾巴，上上下下，磷光闪烁，看起来颇为怪异。它们循着光线游过来，穿越明暗交界处，聚集到玻璃外，将自己的各种姿态、各种色彩放在灯光下展览，真是难以用语言形容的诡异场景。张着大嘴的大鱼四处游动，好像潜水艇在水中穿梭，各部分鱼鳍都静止不动。朦朦胧胧中，鱼的影子瞬间变大，像电影里的火车朝观众驶近，简直要撞上来了。

沿着小岛的海岸，玻璃隧道上下左右延伸了几十米。有段隧道顶端跟海面基本持平，不开灯也能把周围的景色看得一清二楚。距离海面最遥远的一段隧道被数百瓦的灯光照得一片通明，却也只能勉强看清玻璃外一两尺远，再远的地方是一片黑暗，仿佛望不到尽头的地狱。

尽管生活在海边，对大海的喧闹早有了解，千代子却从未像今天这样参观过海底世界。这个世界对她有种难以言喻的吸引力，这点不难理解。因为世人完全无法想象这种诡秘、艳丽、恐怖、充满诱惑的世外奇景有多美，无法想象这海底的世界有多新奇，多华美，多让人毛骨悚然。她不止一次在海岸上看到各种各样的海草，它们都干枯了，硬邦邦的。而她现在看到的海草却随着海水漂来漂去，正在海中呼吸，在海中繁育，相互抚摸，相互搏斗，用海草的语言交流。这种迥异于平时的形态让千代子打起哆嗦来。

这片庞大的褐色森林中枝叶纠缠，随着海水的流动轻轻晃动，像在狂风骤雨中舞蹈。孔叶藻上满是孔洞，犹如麻风病人严重溃烂的脸，让人胆寒；翅藻像巨大的蜘蛛，滑溜溜的皮肤颤颤巍巍，丑得不堪入目的肢体不断挣扎；褐藻像海底长出的仙人掌；马尾藻像海滩上高大的椰子树；绳藻挤作一团，跟蛔虫差不多，让人作呕；青海苔像燃烧的绿色火焰，诸如此类。这些海草共同汇成一片又一片广阔的平原，将海底各处遮盖起来，中间露出的少量岩石都只有手掌般大小。这些海草的根是什么样的？有何种恐怖的生物汇聚在那里？海草叶子顶端彼此纠缠、嬉闹、打斗，仿佛蛇的头。这些场景就暴露在灯光下依旧昏暗的深蓝色海水中。

有的平原遍布如同涂了黑血的紫菜，如同红发女人披头散发的红毛菜，如同鸡爪子的海百合，以及如同红色大蜈蚣的蜈蚣藻，好像刚刚经历了一场血腥屠杀。其中有一丛血红的鸡冠菜最触目惊心，打眼一看就像开满鸡冠花的花坛沉到了海底。冷不丁在一片漆黑的海底看到一片血红，这种恐怖的感觉是在陆地上无法想象的。

数不清的蛇头在这属于另外一个世界的广阔平原上吐出鲜艳、黏糊的信子，彼此缠绕，挤成一团，汇聚成一片森林，看起来十分怪异。平原是绿色的，其中间杂着黄色与红色。无数萤火从中飞出来，在靠近海底隧道的地方，在强烈的灯光下展现出各种奇异的姿态，仿佛幻灯片中的图画。样貌凶恶的虎鲨从面前一闪而过，如行动诡秘的劫匪。它们露着肚皮上惨白的黏膜，有时会瞪着凶狠的眼睛朝玻璃上撞过来，有时又会从外面咬玻璃。它们厚厚的嘴唇充满贪欲，紧紧贴在玻璃对面，脏乎乎的口水从歪斜的嘴巴里流出来，像要对女子动手动脚的流氓一样。千代子想到这儿，便不由得全身颤抖。

若将体型比较小的鲨鱼比作海底的猛兽，那鳐鱼等正在玻璃外面游动的鱼就好比海底的猛禽，至于鳗鱼、海鳝等，则相当于海底的毒蛇。在陆地上生活的人可能会觉得这种比方过于夸大其词，因为他们只在水族馆的水箱中看到过这类活鱼。不能亲临海底世界，人们就无法想象那看似温驯、能够食用的对虾在海里是什么样的，与海蛇亲缘关系很近的鳗鱼在海草中游动时有多么可怕。

如果以可怕为美，那海底世界应该是世间最美的地方了。至少千代子有了这次体验后，就对生平初次接触的梦幻世界之美生出了很深的感触。黑暗中隐约有种庞然大物正在靠近，一条艳丽的白吻立旗鲷在那两点闪亮的磷光逐渐熄灭后，在灯光下缓缓暴露出自己灵活的躯体。见到这一幕，千代子不禁赞叹起来。她的脸因巨大的恐惧和欣喜变得惨白，她伸手抓紧了丈夫的袖子。

立旗鲷身躯肥硕，呈菱形，发出蓝色、白色的光。其身上长着如同太阳旗的条纹，两条粗大的黑褐色条纹在灯光下反射着金色的光。它的双眼很大，还长着很粗的眼线，仿佛浓妆艳抹的冶艳女子。它的嘴唇凸起，背鳍昂然耸立，仿佛战国时代将领盔甲上的装饰。它努力游向玻璃，身躯扭来扭去。然后，它猛地调转方向，差不多紧贴着玻璃游过去，正好经过千代子眼前。千代子看到这样的场景，忍不住吃惊地叫起来。她的确应该惊叫，因为这是真正的活鱼，而非画家画出来的。她这种反应并不过分，毕竟她是在这种环境中，借着灯光看到了在可怕的海草、漆黑的海水映衬下的朦胧景象。

在继续前行的过程中，她渐渐不再为一条鱼感到惊讶。各种恐怖、美艳的鱼接连不断出现在玻璃外，有尾斑光鳃鱼、高菱鲷、天狗旗鲷、花尾鹰羽鲷，叫她看得眼花缭乱。一些鱼的条纹闪烁着紫金色的光芒，一些鱼的条纹则像是用染料染成的。用世俗语言来形容这种美，可以说其像一场噩梦。这里的一切的确都美得像让人心惊胆战的噩梦。

“继续往前走，还有很多风景我都想让你看看。我对各种劝说置若罔闻，宁愿耗光家财、穷尽一生都要完成的就是这项前所未有的事业。竣工之前，我想让你做第一个观众，看看我创造出了怎样令人惊叹的艺术品。你有何感受，都说给我听。我的创作有何价值，你应该最清楚……到这边看看，能看到不一样的海底风光。”广介的声音有种迫不及待的热烈感情。

循着他指出的方向，千代子隐约看到有块直径三寸左右、表面凸出的凸透镜镶嵌在玻璃窗底下。根据他的指令，千代子俯身朝外张望，动作十分小心。起初，视线范围内一片模糊，好像看到了升起的雾气。千代子不明所以，不断调整眼睛和凸透镜之间的距离，逐渐看清有只恐怖的生物正在玻璃对面爬动。

十六

那里有块岩石，一个人刚好能环抱起来。岩石上有几个东西，好像飞艇的气囊，细看之下，仿佛竖起的褐色气囊，随着水流轻轻摇晃。千代子看着这匪夷所思的一幕，许久都没反应过来。

忽然，大气囊后边的海水开始加速流动，一头巨兽从气囊后面慢慢爬出来，像一只从古代图画中钻出来的太古时代的飞龙。千代子大受惊吓，却无法挪开视线，好像有磁铁将她的视线牢牢吸附在上面。

她随即看出了这是什么东西，微微放松下来，之后更驻足原地目不转睛盯着这罕有的奇异景象。她看见它转过身来，将脸朝向她。这头怪兽的体型是飞艇气囊的数倍，大嘴巴时而张开，时而合拢，一张脸简直要随着嘴巴的动作分裂成两半。它后背上有像棍子一样的凸起，如同真的飞龙。它晃动着这样的凸起，迈着关节突出的短腿走向千代子。

看到它已近在咫尺，千代子都要吐了。这怪兽乍看好像只剩下一张脸，嘴巴裂开，嘴角旁边就是短腿。后背上那片凸起中夹杂着它的眼睛，宛如大象的眼睛。皮肤上满是疙瘩和可怕的黑色斑点，凹凹凸凸，十分粗糙。千代子眼中清晰倒映出这个庞大如山的怪兽的影子。

“老公，老公……”千代子艰难地挪开视线，扭头看着丈夫，好像受到了攻击。

“哦，别怕。是放大镜，能把东西放大很多倍。透过普通的玻璃看你会发现，看到的生物其实很小。它是跟蛤蟆鱼同属一科的躄鱼，长着变形的鱼鳍，能在海底爬来爬去。那边好像气囊的东西是种海藻，据说叫囊藻，形状跟气囊差不多，你应该也听说过。继续走吧，再看看别的东西。我刚刚吩咐过船员，前面可能还有更有意思的东西，不过我们要加快脚步赶过去才行。”

听到丈夫这番解释后，千代子还是想看更多的可怕生物，这非同一般的诱惑让她无法抗拒。因此，她不停地透过放大镜往外看——广介这种设计似乎是为了搞恶作剧。千代子没想到的是，最让她吃惊的不是这种小装置或随处可见的海草、鱼、贝，而是另外一种生物，它远比前面的东西更加罕见、美艳、恐怖。

她走了片刻，听到上方远远传来一阵轻响或是波动。她马上停下来，好像产生了某种预感。一连串泡沫从漆黑的水中穿过，是不是大鱼游动时产生的？灯光下，只见一具光滑、雪白的躯体一闪而过，在一片晃动着触手像要觅食的海草中消失了。

“老公……”千代子吓了一跳，又抓住丈夫的胳膊。

“瞧那片海草。”广介鼓励她说。

那片紫菜仿佛燃烧的毛毯，其中有一个地方乱作一团，数不清的水泡冒出来，像珍珠般闪烁着光泽。仔细查看水泡冒出的地方，有样光滑、雪白的东西紧贴着海底，好像比目鱼。很快出现了一头宛如海草的乌发，缓慢四散开来，像一团烟雾。白皙的额头、含笑的双眼、整齐的牙齿、红艳的嘴唇从乌发底下露出来，是一张女人的脸。她昂着头，肚子贴在地上，匍匐前行。

“不用怕，是过来迎接我们的潜水员，她潜水很厉害，我特意聘请了她。”广介解释说，扶住跌跌撞撞快要倒下的千代子。

千代子喘息着，发出孩童一样的高叫：“哎呀，吓死我了！深海中居然会有人，太让人意外了！”

那个赤裸的女人贴近玻璃，轻盈地站起身来。她一脸笑容，却让人感觉她正在忍受痛苦。她的乌发漂浮在头上，乳房也漂浮起来，浑身上下都被水泡包裹，水泡有大有小，闪闪发光。她用力扶住玻璃，以这种姿势跟海底隧道的两个人并排朝外走，脚步缓慢。

在人鱼的指引下，玻璃中的两个人往前走去。走着走着，发现隧道弯曲的弧度不断增加，且所有拐弯的地方都有奇怪的装置，可能是有意为之，也可能只是巧合。每到这种地方，人鱼要么分裂成两部分，要么脑袋脱离身体，飞到空中，要么只有一张脸被放大，偏离正常尺寸，给人一种身处地狱或天堂的错觉。这种脱离现实的景象就这样不断呈现出来，宛如噩梦。

不久，人鱼在水里待不下去了，把肺里的空气一下全吐出来，那一大团气泡在宛如遥远天际的地方消失了。她留下最后的笑容，手脚并用划起来，朝海面缓慢上升，好像鱼在借助鱼鳍游动。千代子仰起头，看见她的双腿在空中摆动，宛如淘气的孩子在使性子跺脚。随后，千代子就只能看到她晃动的白色脚底了，定睛细看时发现她已消失。

十七

千代子经过这次奇异的海底旅行后，一颗心在不经意间进入了无边无际的梦幻世界，不再受世俗规矩的约束。T 市、菰田家、娘家都变成了远处消失的梦。父母、夫妻、主仆等常见的世俗关系也消失于意识之外，仿佛晚霞消失于天边。眼下，她的身体、灵魂完全被以下两点占据了：一是梦幻世界巨大的诱惑，二是对身边不知是不是丈夫的男人的爱慕，这爱慕让她身心酥软。这二者如此绚烂，仿佛夜空中的烟花。

“我来牵着你的手，前面的路有点黑，很危险。”广介在即将走完玻璃隧道时回过头来，注视着千代子柔声说。

“好。”千代子把手放进他手里。

忽然，周围暗下来，俩人进入了一个岩洞，好像人为挖掘出来。过道很窄，只能容一个人勉强通行。这是陆地还是海底的岩洞？千代子一头雾水，感受到一种从未有过的恐惧与兴奋。她无法分神考虑被黑暗吞没的恐慌，因为她的心完全被男人的大手紧紧握住自己的手、彼此近乎血液交融的奇怪体验占据了。

一片漆黑中，俩人摸索行进。千代子觉得他们走出了一公里，实际只有几米。随即，一片壮观的景色拉开，她眼前一亮，不由得吃惊地赞叹起来。

极力张望能看到前方横着一座宽约五十多米的大山谷，呈直线状。两侧都是悬崖峭壁，直冲云霄，绵延不断。山谷中间是清澈宛如绿玉的河水，水面纹丝不动。初看会觉得这座大山谷是天然形成的，但经过认真观察就会发现，这些都是人造景致，只是细节全都很精巧，看不到任何人造景致难看的做作。不过，其线条太整洁了，一点粗糙的地方都找不到，说其是自然景致也不成立。河面上看不到半点垃圾，悬崖上看不到任何野草，岩石表面光滑且色泽暗沉，仿佛切开的羊羹，映照在河面上，将河面也变得漆黑油亮。正因为这样，刚刚提到的眼前一亮跟一般的光线变亮很不一样。山谷很深，简直望不到尽头。两侧的悬崖峭壁也很高，需要昂起头来看。山谷各处色泽饱满。明亮的地方只是悬崖峭壁之间露出的细条状天空，且亮光是黄昏时闪烁着星光的灰色光芒，跟平时看到的很不一样。

此处的风景最奇妙之处在于，这座山谷准确说来更像是又深又长的池子。这一头是海底隧道的出口，俩人刚刚从那里走出来，那一头在对面一道石阶旁，从这边根本看不清楚。那道雪白的石阶位于两侧悬崖窄窄的连接处，像是从河面上连接到云端。石阶跟周围一片漆黑的景致整整齐齐分割开来，像一座下泻的瀑布，如此简单的线条为原本乏味的景色增加了一份雅致。

千代子注视着眼前壮丽的风景，完全沉醉其中。就在这时，广介好像发出了一个暗号。千代子回过神来，看到不知从何处出现了两只大得惊人的天鹅，它们傲慢地昂着脖子，挺着丰满的胸脯向前滑动，激起几圈平滑的波纹，朝俩人所在的岸边游过来，一声不吭。

“啊，这天鹅真大！”千代子感叹。

有女人美妙的说话声传来：“两位请坐到上面。”

千代子发现说话的是天鹅，还来不及吃惊，就被广介抱起来，放在第一只天鹅后背上。广介则骑到另一只天鹅后背上。

“千代子，不用疑惑，它们都是我的仆人。哎，天鹅，把我们送到对面的阶梯下面。”

能说话的天鹅自然也能听明白主人的吩咐，挺胸朝目标游去，白色的身体从黑漆漆的河面上划过，没有发出半点声音。

巨大的惊讶让千代子暂时失去了思考的能力。再次镇定下来时，她发现在自己身下扭动的是被羽毛遮盖的人的身体，而非天鹅的肉体。可能是个身穿白色羽衣的女人在手脚并用划水。这女人应该还很年轻，这点从她软软的肩膀、丰满的臀部、伸展的肌肉，以及从衣服下面传来的体温都能感觉出来。

未等看清天鹅的本来面目，千代子又看到了更加奇异，也可以说更加美丽的一幕，再无精力顾及其他。

天鹅游了四五十米后，有个不知何物的东西从水底钻出来，发出一声响声。那东西来到千代子身边，跟天鹅并排往前游，并转头看了看千代子，露出亲切的笑容。原来是刚刚在海底让千代子十分震惊的人鱼。

“啊，你是刚刚那条人鱼？”千代子向她问候。

人鱼没有回答，只露出礼貌的微笑，并轻轻颔首，然后兀自朝前游去。除她以外，还陆续出现了很多赤裸的年轻女子，让人很是惊讶。很快，这些人鱼汇成一群，潜水、跳动、打闹，时而跟两只天鹅并排行进，时而飞快地蛙泳，远超过天鹅，再扭回头来跟天鹅挥手。这些女子妖艳、赤裸的身体在暗沉沉的崖壁、黑漆漆的河面背景下嬉闹的场景，俨然是一幅描绘希腊神话的名画。

天鹅很快游到中途，这时，远处悬崖顶上也出现了几名赤裸的女子，似乎有意跟水里的人鱼遥相呼应。悬崖顶上的女子背对天空，接连跳下来，掠过黑色的崖壁，姿势各不相同，或是头下脚上，头发凌乱，或是抱膝旋转，一圈又一圈，或是伸开双臂，身体挺成弓状。她们扎入河水深处，浪花飞溅，显然个个都是游泳高手。

两只天鹅在这么多裸女的包围下，安安静静来到河对面的阶梯下。千代子从近处仰望那数百级雪白的石阶，感觉高得让人颤抖。

十八

刚刚从天鹅后背上下来，千代子就对面前这一幕生出了恐惧，说："我可爬不上去。"

"实际没有那么陡。我牵着你的手陪你往上爬，不会有什么危险。"

"但是……"千代子犹豫。

广介却直接牵起她的手，沿着石阶往上爬。两个人很快爬了差不多二十级。

"看，是不是很容易？好了，继续加油。"

两个人就这样一步步往上爬，说来奇怪，很快就爬到了顶上。从底下往上看，石阶直冲云霄，好像有数百级，其实并没有那么高，只有一百多级。这种错觉是如何产生的？千代子很不理解，即使是因为心中的畏怯，也不该有这么大的误差。之后，她终于得知了真相，可这一刻，她却认为这是因为岛上到处都是类似于鼍鱼像太古怪兽的假象，此处的一切都太美妙了，让她震惊不已。这些假象中就包括石阶的级数误差。然而，千代子根本不知道为何会出现这种假象，直到广介为此做了详细的解释。

我们先不说这个了。眼下，俩人已登上石阶，居高远望。

前方是一道长满草的窄坡，坡底连接着一大片茂盛的森林。扭头再看那座山谷，就像一条长着乌黑大嘴的大船。刚刚把俩人送过来的两只天鹅浮在崖底，像两张白纸一样惆怅、寂寥。那片森林阴暗且潮湿，旁边窄小的草坡则是另外一种风景。暮春时节，下午的阳光照着生意盎然的草地，红色的光芒闪烁其中，像火一样，还有白色的蝴蝶在低处飞来飞去。人世间很少见到如此奇妙的景色，千代子不禁感到一种非自然的美丽。

前边那片无边无际的森林中长满古老的杉树，打眼看去就像团团翻滚的云，树枝、树叶彼此交叠，朝阳的一面闪烁着金色光芒，背阴的一面则像深海一样漆黑，二者互相交错，形成了色彩绚烂的复杂条纹。从草坡上眺望整片森林，心头会缓缓涌出一种怪异的感情，这便是这座森林诡异的地方。这种感情可能源自森林那铺天盖地的壮丽景观，以及刚刚长出的嫩叶原始刺激的香味。心思细密之人必然能观察到，森林有人工斧凿留下的罪恶印迹。整体看来，这庞大的森林展现出了极为反常的冶艳姿态。那些最细小的斧凿印迹都被其神经紧张的创造者隐藏了，只能看出一点模糊的影子，但这种模糊反倒加深了那种让人作呕的可怕。这片森林应该是件庞大的人工制品，而非天然形成的。

千代子注视着眼前的景色，一言不发。她根本不相信自己的丈夫源三郎会有这种不为人知的诡异喜好。她越来越怀疑身边这个镇定自若的男人，哪怕他跟丈夫非常相像。她要怎样解释心中的矛盾呢？一方面，她忐忑的疑虑不断加深；另一方面，她也越来越无法控制自己对这个来历不明之人的爱恋。

“千代子，你为什么发呆？难道你还在怕这片森林？这没什么可怕的，都是我一手创造出来的。哎，那棵树下的仆人恭候多时了。”

千代子听广介这么说，便朝前看去，看到森林入口一株杉树下拴了两头皮毛油亮的驴，正自由自在地吃地上的草，不知道是什么人拴在那里的。

“我们必须进入这片森林吗？”

“哦，是的。别怕，有这两头驴在，我们不会迷路，也不会有任何危险。”

两个人骑上玩具一样的驴，走进又深又黑的森林。

天空差不多完全被密集的树叶遮挡了，森林中却不至于黑得看不清路。

傍晚时微弱的光照进来，雾气朦胧。参天大树的树干仿佛大型寺院的圆柱子，每根圆柱子顶端都有绿叶汇聚而成的拱顶，彼此连接在一起。树底下积攒了厚厚的一层杉树叶，跟地毯差不多。这里就像一座著名的大教堂，越发给人一种神秘、美妙、深邃之感。

可是森林中的协调、均衡绝不是自然形成的。比如这片广阔的森林中全都是巨大的杉树，看不到其他任何一种树，也看不到任何杂草；树与树之间的距离似乎也严格计算过，设计师做得相当巧妙，没有留下痕迹，置身森林的人能感受到这种巧妙；林中小道的走向也很奇异，能让所有路人变得紧张起来，并逐渐接纳超越大自然的创作者的创意，好像有种神奇的力量正在其中发挥作用。树叶拱顶美妙的协调感、落叶如地毯般舒适的踩踏感应该都是人工设计的，设计得很用心。

落叶这么厚，两头驴驮着主人从静寂、昏暗的繁茂森林中走过，没有发出半点声音。森林各处死一般静，听不到任何野兽、鸟类的叫声。俩人逐渐走进森林深处，忽有沉重的声音从看不到的高处传来，好像要进一步烘托这种静。这种如同管风琴声的声音轰隆响起，夹杂着一种奇妙的调子。

作为渺小的人类，他们只是默默坐在驴身上。忽然，千代子抬头像要张嘴，却没说出任何话，重新低下头。驴始终没停下脚步，心无旁骛。

继续走了片刻，千代子发觉森林好像逐渐变了样。原先灰暗的落叶被不知从何处照进来的银色光芒照亮，视线中所有大树的半边树干也都被照亮了。整个视线范围内，每根大圆柱子都是半边银光闪闪，半边漆黑一片，简直太美了。

“我们要走出森林了？”瞬间清醒的千代子用嘶哑的声音问。

“不，就快到池塘了，过了池塘就快了。”

他们很快来到池塘岸边。池塘这一边是圆形的，那一边却有三道凸起，好像画里的鬼火。池水沉甸甸的，宛如水银，水面极为平静，布满古老杉树黑漆漆的倒影，倒影的缝隙中映照着蓝天。刚刚的音乐声在此处听不到了。

一切都沉默、凝固，陷入沉睡。

俩人不敢打破这种宁静，从驴身上下来，走到池塘岸边，没发出半点声音。池塘那一边的一道凸起旁边有几株老山茶树，这是森林中仅有的杂树。老山茶树树干翠绿，高约一丈，开满血红的花。花下有一小片空地，光线有点暗。一个美丽的姑娘正懒洋洋趴伏在那儿，露出乳白色的肌肤。她把苔藓当成床褥，托着脸俯视池塘。这一幕真让人吃惊。

千代子不禁说道："哎呀，那边……"

"别说话。"广介示意她别出声，似乎是怕惊扰了那个姑娘。

姑娘继续注视着池塘发呆，也不知有没有发现他们两个。林中的池塘、岸上的山茶花、静静趴伏的赤裸女郎，如此简单的配置与线条，效果却出奇的好。这种构图若非偶然，而是刻意设计出来的，就说明广介是个极为出色的画家。

他们两个站在岸边欣赏这梦幻美景，许久都回不过神来。姑娘一直郁郁不乐地注视着池塘，只把她交叉的丰满双腿对换了一次位置。

在广介的催促下，千代子很快又骑上驴准备出发。在少女头顶开放的一朵大山茶花忽然落下，好像液体一样，从少女丰腴的肩头滑落，落到池塘，漂在水面上。整个过程没有发出任何声响，以至于池塘里的水好像都不愿做出任何反应，水面平静如镜，没有出现一丝涟漪。

十九

俩人继续在原始森林的树荫下行进，可越到森林深处，越找不到出去的路，不知何处才是尽头。因为无法辨认来时路，原路折回也不行。千代子越来越怀疑是否应继续任由驴驮着自己行进。

可是岛上的景色变化多端，到处都是奇妙如魔法的机关，前进其实是返回，上坡其实是下坡，地下其实是山顶，旷野其实是小径。同样的道理，行人抵达森林深处，内心全是难以形容的忐忑，反倒昭示了森林的尽头就在前方。

此前，大树都保持着适当的距离，不知何时距离缩短，紧靠在一起，筑成了几层树墙，连一点缝隙都没有。绿叶的拱顶不见了，树枝随意生长，有些直接垂到地上。周围黑得几乎什么都看不到了。

“行啦，下驴吧，跟着我。”

广介先从驴身上下来，扶着千代子的手将她扶到地上，随即走向黑漆漆的前方。树干围绕着俩人，树枝阻挡了俩人的路。俩人像土拨鼠一样开辟道路，向前行进。如此艰难地走了片刻，身体一下轻松下来，赫然发现前面是一片广阔平坦的绿草原，阳光普照，他们已走出了森林。四处张望，那片森林像凭空消失了一样，匪夷所思。

千代子很困惑，按着太阳穴看着广介，求助般说道：“啊，难道我糊涂了？”

“不，人到了岛上，就能在不同的空间、不同的世界自由穿行。我准备在岛上造出几个世界来。巴诺拉马你听说过吗？我念小学时，这种展览装置一度非常流行。参观前先从一条狭窄、黑暗的过道中走过，随后眼前一亮，就看到了另外一个世界。这个世界的每一处都迥异于参观者原先生活的世界。这种骗人的手法真叫人惊叹！在巴诺拉马馆外面，电车在行驶，小贩的货摊连成一片，店铺一家接一家，其中一家就是我家开的。那儿的昨天、今天和明天没有任何区别。可是进入巴诺拉马馆后，所有平凡的东西都会荡然无存，残酷、血腥的战争正在进行，那平原如此广阔，一直伸展到远处的地平线。”

广介一边走一边说，把草原上闷热的雾气都搅散了。千代子跟随着爱人，好像进入了一场梦。

“建筑内外各有一个世界。两个世界的土地、天空、地平线各不相同。巴诺拉马馆外是随处可见的普通街道，十分真实。巴诺拉马馆内却到处都看不到街道，只有一直伸展到远处地平线上的旷野。也就是说，旷野和街道同时出现在一个地方。不管怎样，表面看来是这样的。你也明白怎样制造两个风景不同的世界，把观众席用高高的围墙围起来，围墙上绘有风景。为了尽可能让画看起来是真的，还要在围墙前面放上真实的泥土和树，再放上人偶，还要把观众席的遮檐扩展到能遮挡天花板的宽度。只要做到这些就足够了。巴诺拉马是法国人的发明，我听说最初的发明者想用这个法子创造另一个世界。小说家会在纸上、演员会在舞台上创造新世界，同样的，他也试图在那座小建筑内部，利用自己独一无二的科学方法创造一个广阔、崭新的世界。”

广介抬手指着远处原野和蓝天的交界线——因为闷热的雾气和芳香的青草，那里一片模糊——说：“你不觉得这片广阔的草原很不和谐吗？这片草原这么大，小小的冲之岛怎么可能容纳？你若认真观察一下，会看到此处跟地平线相距几公里。可你认真想一想，草原跟地平线中间还有大海，大海之后才是地平线，不是吗？还有，除了我们经过的森林、现在看到的草原，岛上各处都有景致，彼此保持着一定距离。很明显，即便冲之岛跟M县一样大，也无法容纳这么多景致。我在说什么，你能听懂吗？我的意思是，我在岛上建造了几个巴诺拉马馆，它们相互独立。刚刚我们走过的海底隧道、大河谷、昏暗的林中小道，都等同于进入巴诺拉马馆的暗道。眼下我们所在的地方春光明媚，热气弥漫，青草芬芳，有种眼前一亮、如梦初醒的感觉，我们就要进入我的巴诺拉马国了。可我创造的巴诺拉马有别于只在墙上画画的寻常巴诺拉马馆。利用天然丘陵的曲线、对光线的精心设计、对草木位置的悉心安排，我将人工斧凿的痕迹巧妙隐藏，将自然的距离随意拉长或是缩短，使其符合我的心意。比如我们刚刚走过的森林，你肯定不相信它其实很小。林间小道迂回曲折，安排巧妙，让人根本察觉不到它的小。表面看来，那片杉树向左右两侧扩展，望不到尽头，其中全是同样大小的大树，但实际上远处那些树也许是两米左右的小杉树。我们很容易就能利用光线制造出一种错觉，让大小不同的东西看起来同等大小。我们刚才攀登的白色阶梯同样如此，不过一百多级，但从底下往上看，却像直达云巅。那座阶梯像舞台布景一样，你应该没察觉其越往上越窄，且越往上越矮。只用眼睛看，根本看不出每一级的高度差异。此外，两边崖壁的倾斜度也是设计好的。因此，从底下往上看，会觉得其非常高。”

这种没有丝毫破绽、完美无缺、令人难以置信的假象就像烙在了千代子心底，尽管广介当场对她说穿了一切，还是没能对她造成任何影响，她依旧觉得面前这片广阔的旷野一直延伸到地平线。

她无法置信地问：“所以这片旷野其实也很小？”

“没错。旷野被围墙环绕，围墙向上倾斜，但倾斜的角度小之又小，根本看不出来。通过这种方式，围墙把周围的景色全都遮挡起来了。可是旷野的直径也有五六百米，不算小了。我借助某些手法，让这片平凡的草原有了望不到尽头的卓越视觉效果。稍微动一动脑，就实现了这样的梦幻效果，多么令人惊叹。你听了我的解说，还是不相信这么广阔的草原方圆不过五六百米，对吗？我作为设计制造者，遥望着地平线在雾气中模模糊糊，高低起伏，如同浪涛，同样会感觉这片原野好像真的没有尽头，一种无法言喻的忐忑和甜蜜的愁苦在我心头若隐若现。放眼望去，除了天空，便是草原，视线无遮无挡。眼下，这对我们来说就是整个世界。这片草原伸展到岛上各处，伸展到I海湾乃至太平洋，与天空连成一片。再加上大群的羊和牧童，这里就成了一幅西洋名画。我们还能想象，有一支吉卜赛人的队伍沉默不语，从地平线旁走过，夕阳在他们身后投下一道道长影子。然而，我们却看不到任何人、动物乃至枯树，这片草原就像一片绿色的荒漠。只是它带给我们的感动岂非远远超过了那些名画？是不是像有种有着悠久历史的东西猛地朝我们压下来，让我们的心灵受到了震撼？”

千代子刚才就在望着那片广阔的天空，其准确说来更像是灰色而非蓝色的。千代子忍不住流下泪来，而她根本无意掩饰。

“从这片草原能抵达冲之岛中央或其周边的景致。我们本应该围着冲之岛转一圈，再到中央去。不过，时间紧迫，周边的景致又尚未竣工，我们还是直接去岛中央吧，那里有座花园，应该会成为你的最爱。不过，直接从这里走到花园可能很没意思，我再跟你说说其他景致吧。此处距离花园约有两三百米，我就借这段时间给你介绍一下那些好像不属于人世间的景致。

“园艺中有个词叫造型，你听说过吗？所谓造型，就是像雕塑师精心雕塑作品一样，把常绿树黄杨、柏树之类精心修剪成几何图形或类似于动物、天体之类的形状。这里汇聚了各种奇形怪状、造型精美的树木，有的雄壮，有的纤巧，数不清的直线、曲线交叉在一起，共同谱写出一曲交响乐，令人拍案叫绝。中央处的景观是最让人惊叹的，那是由一大群赤裸的男女共同组成的，是对古老的、著名的雕塑的模仿。那些男女都一言不发，宛如化石。来巴诺拉马岛上参观的人走过这片广阔的草原，走到那里后，眼里全是人类和植物共同组成的诡异的雕塑群，必能体会到一种强大的生命力，几乎为之窒息，还能体会到那种无法用语言形容的怪异的美。

“还有一个世界，里面全是用铁做的无生命的机器，像黑色的怪兽，一直在轰隆隆运作。冲之岛地下设有发电厂，为其提供动力。可这些机器不是常见的蒸汽机、电动机之类，而是非同寻常的机械力的象征，只会出现在梦中。这个世界中陈列的铁制机器根本不考虑用途，尺寸也跟常见机器截然不同。气缸庞大如小山，大飞轮大吼大叫如野兽，大齿轮乌黑的牙齿互相啃咬、推撞，摆动杆如同怪兽的前肢，高速燃烧器发疯般舞动，轴杆彼此交叉，皮带流动宛如瀑布，伞齿轮、蜗杆、蜗轮、皮带轮、链带、链轮等机器零件疯狂乱转，乌黑的表层全是油污。你有没有去博览会参观过机械馆？那地方有技术人员、解说员、保安，那里的机器全都放在一座建筑中，其被制造出来全都是为了某种既定的用途，一切都有条有理。然而，我的机器之国却是广阔无限的，到处都是奇怪的机器，它们共同构成了另外一个世界。这个机器之国中没有人，也没有动物或植物。这里有一直伸展到地平线上的广阔平原，其中全是根据各自的规则开动的机器。卑微的人类进入其中会有怎样的感受，你能想象到吗？

“另外我还设计了到处都是美丽建筑的大城市，种着毒草并有野兽、毒蛇活动的园子，以及由喷泉、瀑布、小溪共同组成的水花飞溅、雾气弥漫的水之国。游客在不知不觉中走过这一个又一个世界，其中奇妙的风景好像只存在于梦中。再拐一个弯，又进入了另外一个世界。这里好像万花筒，天空中有极光，空气清香扑鼻。在这梦一样的世界中，花园里的漂亮鸟儿、玩闹的人扮演着最重要的角色。除了这二者，再找不出任何生物。可是从这儿无法看到我的巴诺拉马岛正中最关键的建筑——大圆柱子。大圆柱子还在赶工，若登上柱顶，能俯视岛上各处的美丽景色，会看到整座岛就是一个巴诺拉马。除了能看到每个单独的巴诺拉马，还能看到一个截然不同的巴诺拉马，它如此完整，宛如梦幻。岛上存在几个宇宙，彼此交错，又互相区别。我们已走到了草原的出口，把你的手给我，我们又要走上一条羊肠小道了。”

前面的出口十分隐蔽，走到近前，终于看到了一处长满杂草、光线昏暗的狭窄出口。从这里出去就踏上了一条秘密的小道，小道上的杂草越来越高且茂密，很快将他们完全包裹。他们又进入了一条黑漆漆的小道。

二十

小道那一头会有何种意想不到的装置呢？这会不会只是千代子的想象？俩人只是走过一条与原先的世界相连的小道，进入了另外一个迥然不同的世界。这就好比从这个梦到那个梦，中间的过程模糊不清，好像一下变得无知无觉，宛如御风飞行。正因为这样，这一处又一处景致好像多个平面，彼此没有任何交叉，像从三维空间跳到了四维空间。猛然清醒过来，感受到全然不同的形状、颜色、气味，但眼前的一切分明没有离开原先的土地。如果这不是重叠在一起放映的电影，就是人仍在梦中。

俩人看到了被广介称作花园的世界，这里没有一样东西能让人想到花园，只有一片浑浊的乳白色天空，以及滔天大浪般起伏不定的丘陵，春日里，丘陵上繁花似锦。天空的颜色、丘陵的曲线、花朵的繁盛都是人造的，违反了自然和法则，而且其规模如此宏大，让刚刚进入这个世界的人除了迷茫，没有任何反应。

这里的景色打眼一看很乏味，却暗含着一种反常的气氛，像走进了人间以外的恶魔的世界。

千代子险些瘫倒在地，广介急忙扶住她，问:“怎么回事？身体不舒服？”

“哦，我也不知道怎么了，感觉头疼……”

人身上浓烈的汗味混合着一抹香气弥漫开来，明明不是会让人不舒服的气味，千代子却被熏得头晕，大脑停止了运作。繁花似锦的丘陵明明是静止的，其交织的曲线却像能打翻小舟的惊涛骇浪般朝她猛烈扑过来。那些层峦叠嶂、静止不动的丘陵让人忍不住疑心设计者在其中隐藏了恐怖的阴谋诡计。

“我怕。”好不容易回过神来后，千代子捂着眼低声说。

“怕什么？”广介微笑着问。

“我不清楚。只觉得被这些花围在中间，心里空落落的，好像不应该来到这里却来了，不应该看到这些却看了。”

广介不动声色地说：“因为这里太美丽了，不必胡思乱想。有人过来迎接我们了，瞧啊！”

从丘陵后面走出一队女人，她们排着整齐的队伍，神色毕恭毕敬，像来参加隆重的祭祀。她们浑身上下都精心上了妆，雪白的皮肤泛着一点蓝光，身体因曲线处涂抹着紫色的渐变阴影，越发显得凹凸起伏。在开满花的背景前，如此美妙的胴体接连出现。她们的腿油光发亮，跳着欢快的舞蹈。黑色的头发在肩头跳动，鲜艳的红唇微张，好像半轮明月。她们慢慢朝二人走过来，排列成正圆形的队伍，却一句话都不说。

“千代子，我们的轿子来了。”广介扶着千代子的手，让她登上由好几个赤裸女子共同组成的莲花座。随后，他自己也坐到了人椅上。

广介和千代子被绽放的人体之花围在中间，被其驮着在开满鲜花的丘陵四周行进。这个神秘的世界、这些赤裸的女子若无其事的表现，都让千代子困惑不解。不知何时，她忘记了人世间的羞耻感，还感觉膝盖下面起起伏伏宛如波浪的腹部如此柔软，如此舒适。丘陵与丘陵之间的山谷中曲折的小道同样繁花似锦，裸女赤脚踩上去，本就柔软富有弹性的人椅因花铺成的厚地毯的缓冲，变得更加舒适。

然而，这种奇异之美并非源自不断飘进鼻子的独特香味，或反常的乳白色浑浊的天空，或不辨源头、让人身心愉悦的美妙声音，或由绚烂的花朵搭建起的墙壁。这种美的源头是丘陵铺满鲜花的曲线。这些曲线之美只有身处其中的人方能领会，几乎无法用语言说明。人的眼睛一早便对自然生成的高山、草木、平原、人体曲线习以为常，但在此处交织、伸展的曲线却是一种截然不同的曲线。这是任何美人的腰背部曲线或任何巧妙的雕塑曲线都不能相比的。这些曲线可能不是大自然的造物主创造的。能创造出这些曲线的也许只有想要毁掉大自然的魔鬼。面对这么多交织的曲线，一些人也许会有种诡异的被压迫感。人可能只会在宛如噩梦的幻境中喜欢这些曲线。广介在创造这个宛如噩梦的世界时，必然利用了现实世界的土壤、花卉。准确说来，这个世界是肮脏的，而非高尚的，是混乱的，而非协调的。所有曲线和曲线上的鲜花都让人不悦，这种不悦无休无止。人为使其变得更加纵横交错的曲线，不断给人以强烈的丑陋之感，好像在演奏管弦乐，音乐虽然美妙，却充斥着不协调的音符。在创造出令人眼前一亮的曲线之余，这位大自然的创造者还让人的身体感受到了曲线般起伏不定的触感。谷中小道有着非同一般的艺术化的曲线，每经过一处小小的转弯，无论缓急、升降、左右，裸女组成的莲花座都会通过坐在上面的人的腿，让其身体感受到曲线带来的快活。这种感觉好比将飞行员在高空中、人在疾驰于曲折山路上的汽车中那种曲线运动的快活感觉美化的结果。

爬坡有时候就像朝中心某点缓慢下降。鼻子里满是那种异香，耳朵里满是一种好像从地底下冒出来、音量不断拔高的音乐。俩人眼前好像被轻纱遮挡，再也感觉不到周围美丽的景色。

山谷偶尔会铺展开来，成为巨大的花园。一座像要直达云端的花之山坐落在花园尽头，倾斜的山坡如同无边的花海，如此奇异，远胜过吉野山[1]的花海。山坡和旷野如同彩虹的鲜花之间散落着数十人，有男有女，赤身

[1] 日本奈良县著名的赏樱花胜地。——译注

裸体，正兴冲冲地玩捉迷藏，好像亚当和夏娃。远远看去，他们的身体如此微小，就像白色的豆子。一个女人从山上跑下来，经过旷野，跑向广介和千代子，黑色的头发飞扬起来。跑到俩人近处，女人一下摔倒了。她的亚当追过来，抱起她，让她靠在自己宽阔的胸脯上。然后，这一男一女伴着这世界中无处不在的音乐声高歌，朝远处走去。

旷野上还有一株庞大的桉树，树皮上长满白色的斑点，伸出手臂遮盖着谷中小道，好像建起一座拱桥。树枝上满是赤裸的女子，像结着饱满的果实。这些女子有的躺在粗树枝上，有的挂在树干上，晃动着头部、四肢，像被风吹动的树叶，口中还哼唱着这个奇异世界的音乐。裸女组成的莲花座对这一幕视若无睹，默默从果实下走过。

这条开满鲜花的小道长约两公里，千代子从其中经过，心中跌宕起伏，只能说这是一场梦——美丽的噩梦。

俩人最终被抬到一个庞大的鲜花研钵底端。

这个世界十分香艳。四周开满鲜花的山坡顶端相当于研钵边沿，一个又一个白花花的肉体蜷缩成肉丸子，接连从滑溜溜的坡上滚进研钵底端的浴池，让池中的清水飞溅出水花。其中水雾弥漫，她们就在这雾中翩翩起舞，异口同声高唱着美妙的歌曲。

广介和千代子在不知不觉中脱掉了所有衣服。俩人再次清醒过来时，已经舒舒服服泡在华丽浴室的热水中了。若穿着衣服待在这儿，反倒会让人害羞。于是，千代子顺理成章接受了自己一丝不挂的现实。将俩人抬到这儿的莲花座极力舒展身体，支撑起两个脖子以下全都浸泡在热水里的主人，将莲花座的作用完全发挥出来。

这里随后变得一片混乱，肉丸子迅速增多，碾过山坡上的花。无数花瓣飞舞，仿佛下起大雪。花瓣、水雾、水花交织在一起，形成了一片水帘，朦朦胧胧。两位客人却始终浮在水面上，像是无知无觉的尸体。

二十一

天黑了，黑沉沉的积雨云堆积在乳白色的天空上，开满鲜花的鲜艳丘陵孤独伫立在夜幕下，变成了恐怖的黑影子。吵闹的人体海啸和合唱都已消失，仿佛退走的潮水。白色的热气中，裸女莲花座不知去向何处，这世界的妖邪音乐也已停止，到处都是无边无际的黑夜，以及如同地狱般的宁静。仍留在此处的，只剩下广介和千代子。

“啊！”终于清醒过来时，千代子忍不住再次感叹起来，她已不知是第几次发出这种感叹了。接着，她呼出一口气，再次感受到巨大的恐惧。

“啊，老公，我们回家吧。”她在热水中一边哆嗦一边看向丈夫。

听她这样说，那颗犹如黑色浮标般浮在水面上的头颅一动不动，毫无反应。

“老公，是你吗，是你吗？”虽然害怕极了，她还是壮着胆子朝那个黑影子游过去，在应该是脖子的地方触碰一下，又用力晃动起来。

“哦……我们回家，但我还想让你看一样东西。哦，别怕，别出声，稍等片刻就好。”广介说着，好像在思考什么。

千代子听到他的语气，越发恐惧：“我已经无法忍受了。我害怕极了。瞧，我浑身都在颤抖。我必须马上离开这儿，这儿实在太恐怖了。”

“你果然在颤抖，但你害怕什么呢？”

“我害怕什么？我怕岛上可怕的装置，还有创造出这些东西的你。”

“你怕我？”

“是的，但你别生我的气。我在这世上什么都没有，只有你。可我最近经常觉得你很可怕，无法确定你对我的爱是否出于真心。我非常害怕你会在这座可怕的岛上，在这黑暗中告诉我，你根本不爱我……”

“别胡说了！行了，这个话题就到此为止。你的心情我很理解，可你没必要害怕，我们只是进入了一片黑暗，看不清周围的东西而已。”

“可我真的很害怕。也许是冷不丁看到这么多鲜活的场景，我变得非常兴奋，平时没有勇气说的话，现在却说了。老公，不要生我的气。”

“你对我起了疑心，我一清二楚。”广介一下变了语气。

千代子惊讶地闭上嘴。忽然之间，她觉得自己曾经历过一模一样的场景，但不确定是在什么时间、什么地点、在现实抑或梦中，仿佛上一辈子的经历。当时，他们两个同样身处黑暗，好像陷入地狱，除了头部，其余部位都淹没在弥漫着热气的水中。旁边的男人对她说出了同样的话：“你对我起了疑心，我一清二楚。”她对此后自己的回应、男人的态度和恐怖的结果都有非常清楚的感知，但那具体是什么，却怎么都想不起来。

“我一清二楚。”广介重复着这句话，似乎要逼缄默不语的千代子做出回应。

“别，别，别这样，别这样说了！”千代子高叫着阻止广介，“跟你说话让我觉得很害怕。你一句话都不要说了，快，快带我回家！”

黑暗突然被巨大的响声打破。千代子搂住丈夫的脖子，头顶上火花四溅，噼啪作响，闪烁着五彩的光芒，如同鬼魅。

“烟花而已，不用吃惊。这是巴诺拉马国的烟花，我的心血之作。瞧，它跟一般的烟花不一样，像幻灯片一样凝固在天幕上，这就是我想让你看的东西。”

千代子抬起头来，看到炸开的烟花果然如广介所言，像投在云巅的幻灯片。天幕上是一只庞大的金色蜘蛛，有四对脚，看起来非常清晰，其中每个关节都在动，显得十分诡秘。整只蜘蛛慢慢朝他们落下来。这一幕是用烟花呈现出来的，对部分人而言，一只硕大的蜘蛛挂在黑暗的天幕上，暴露出最令人作呕的肚子，朝人头上爬过来，可能是种美妙的景象。可是千代子生来讨厌蜘蛛，看到这样的景象，一阵恶心作呕，几乎窒息。她不愿再看头上那一幕，但双眼却在一种恐怖、强大的吸引力作用下，不断朝天幕上看去，不断看到那怪物正朝自己逼近。不过，跟这一幕比起来，更让她害怕的是，她记得自己曾看到过这种由烟花构成的大蜘蛛。

“我看够烟花了！别吓我了，我说认真的，求你让我回家吧！走，我们回家！”她紧紧咬住牙关后说出心里话，这对她而言很不容易。

烟花构成的大蜘蛛此时已消失在黑暗中。

“你竟然怕烟花？真叫我头疼。接下来的烟花是朵漂亮的花，不像蜘蛛这么可怕。你先忍一忍。哦，池子对面立着一个黑色的筒子，你还有印象吗？那是烟花筒。我们所住的镇子就在池子下面，我的仆人就从那里放烟花。这很寻常，你不用害怕。”

广介不再说话，死死搂住千代子的肩，手上的力量大得像铁钳子。千代子无法摆脱他逃走，像耗子被猫抓住了一样。

“哎呀！”她吃惊地意识到自己所处的境况，不由得尖叫起来，“抱歉，很抱歉！”

“你说什么抱歉，为什么要觉得抱歉？”广介威胁她说，“你在想些什么？你是怎么看待我的？马上坦白说出来。”

“哦，你终究问出来了，但我这会儿真是怕得很……”千代子磕磕绊绊地说，好像在抽泣。

“可最好的机会就是现在。这里只有我们两个，没有闲杂人等。别怕，没人会听到你的话。我们俩还需要在彼此面前遮遮掩掩吗？全都告诉我吧。”

俩人在黑暗的山谷浴池中开始了奇怪的对话。这种恐怖的气氛让俩人内心都变得疯狂起来，千代子连嗓音都沙哑了。

“既然这样，就告诉你吧。”千代子忽然变得口若悬河，跟之前判若两人，“其实我早就想问清楚了，直接向我坦白吧，不用再隐瞒什么……你不是菰田源三郎，而是另外一个人，对不对？告诉我吧。你从坟墓中死而复生有很长一段时间了，我从头到尾都在怀疑你并非真正的菰田源三郎。这种令人震惊的才能不可能属于源三郎。我来到岛上之前，就大致想明白了，知道自己的怀疑多半是对的。而你应该早就意识到了。我仅余的疑惑也在亲眼见识到此处各种令人惊讶、着迷的风景后荡然无存。请你马上说出真相吧！”

“哈哈哈哈，你终究还是坦白了！”广介镇定自若的语气中有无法掩饰的自暴自弃，“我的确犯了大错，明知道那个人不该爱，还是爱上了。长久以来，我都苦苦克制着自己，却在最后一刻功亏一篑。我就这样在你面前暴露出来，一如我之前担忧的那样……”

广介把自己的阴谋诡计大概描述了一番，说得停不下来，好像疯了一样。不明真相的工作人员为取悦主人，不断把备好的烟花从地底下放出来。烟花爆开，在空中变成奇形怪状的动物、艳丽的花或其他奇异的图案。烟花主要是蓝色、红色、黄色这三种亮色，把夜幕照得一片光明，把谷中的池水染上了颜色，如舞台上的彩灯一样，照亮了水面上俩人西瓜似的头上所有微妙的表情。

将所有精力都集中在说话上的广介脸色相当恐怖，时而红如醉汉，时而白如尸体，时而黄如黄疸病人。有时，周围完全陷入黑暗，只能听到他讲话的声音。光线不断变幻，他的故事又如此诡异，千代子只觉毛骨悚然。这种恐惧让她几乎无法忍受，她几次想要逃走，都被广介用力抱住，动弹不得。

二十二

“关于我的阴谋，你都知道些什么，我并不清楚。不过，你感觉如此敏锐，必然已经猜得差不多了。可是我的计划这样缜密，我的理想这样坚定，即便是你也没有想到吧。”

广介说完时，血红色的烟花还停留在空中，将夜幕完全染红。广介瞪视着千代子，满脸通红，像个恶魔一样。

千代子已彻底崩溃，抛开一切尊严，不断哭喊着：“放我走！放我走！……”

“听我说，千代子！”广介大叫起来，似乎要用这种方式堵住她的嘴，“你知道了我这么多事，还想安然回去，你觉得我会答应吗？难道你不爱我了？到昨天为止，不，到刚才为止，你不是一直都在爱我吗？哪怕你怀疑我并非源三郎，也依然爱着我。眼下，我把我的事全都告诉了你，你却反倒把我当仇人看，对我满怀仇恨和畏惧，是这样吗？”

“放了我！我要回家！”

“原来在你眼中，我还是你丈夫和菰田家的仇敌。千代子，你听我说，我对你的爱超过了其余所有人，我还想索性就跟你同归于尽。可我还有些东西难以割舍。我付出了多少精力，才让人见广介从世间消失，才让菰田源三郎死而复生？我付出了多少代价，才创造出了巴诺拉马国？我只要想到自己付出的这一切，就舍不得放弃生命，放弃一个月后就要完工的巴诺拉马岛。因此，千代子，我只有一个选择，就是杀了你。”

“别杀我！”千代子扯着嗓子叫起来，“别杀我！我愿意听从你的一切安排，我愿意像从前一样侍奉你，继续当你是源三郎。无论现在还是以后，我都会保守这个秘密，求你别杀我！”

“你说真的？”广介面色发青，那是烟火映照的结果，他的双眼闪着紫色的光芒，像要把千代子看穿，“哈哈哈哈，没用了，没用了。我不会相信你，你说什么都是徒劳。你可能依然爱着我，你的话可能是发自真心，可谁能肯定你继续活下去，不会给我带来灭顶之灾？就算你不会跟任何人说起此事，但你已经了解了整件事，我能沉着地把这场戏演到底，但你一个女人不可能做到这一点。你可能会因一时疏忽泄露一切。除了杀掉你，我别无选择。”

“别，别这样！我还有父母兄弟，求你放了我，放过我这条命，我会做你的傀儡任你差遣。放了我，放了我吧！”

“瞧，你根本不愿为我献出生命，你这么畏惧死亡。你爱的是源三郎，不是我。也可以说，即便你能爱上一个跟源三郎长得完全一样的男人，也不可能爱上我，因为你相信我是个大恶人。说到底，我现在只剩下杀掉你这一条路可走了。”

广介的双手逐渐从千代子肩上挪到她脖子上。

“哎呀，救命啊！”

除了逃命，千代子什么都不想，什么都不顾忌了。她极力张大嘴巴，龇着牙齿，好像猩猩，这是人类从远古先人那里继承的生存本能。接着，她尖锐的虎牙条件反射般在广介胳膊上狠狠咬下去。

“真讨厌！”广介不由得松开了手。

借此机会，千代子迅速摆脱广介，海豹一样猛地跳进水里，朝黑漆漆的对岸游过去。

“救命啊！”附近的小山中回荡着她声嘶力竭的惨叫。

“愚不可及，什么人会到这山里来救你呢？白天那些女人都到地下的屋子里休息了。况且你连逃走的路线都不知道。”

广介故意不紧不慢跟上她，像猫一样。在这个国家，他是国王，深知不会有人这时还留在地面上。他只担心她的叫声会从放烟花的筒子传到地下，但这种可能性不大。因为她在截然相反的方向上了岸，筒子旁又摆着发电机，轰隆隆响个不停，盖住了地上的轻响。此外，刚才她发出惨叫时，刚好有十多筒烟花发射出来，将那声音压了下去，广介也就不用担心了。

千代子惊慌失措，四处寻觅逃生之路。这凄惨的一幕被从空中慢慢落下的金色烟花照得一清二楚。广介纵身扑向她，跟她一起倒在地上。然后，他轻而易举掐住了她的脖子。千代子立即感到一阵窒息，甚至没机会发出第二声惨叫。

“原谅我，我直到这一刻还爱着你。可我实在舍不得岛上的各种享乐，我的贪欲不允许我舍弃这些。为了你毁掉我自己，我做不到。”

广介不断加重手上的力量，同时不断流着泪，叫着：“原谅我吧！原谅我吧！”千代子赤裸的身体紧紧贴住他的皮肤，在他身下跳动，好像被网住的鱼。

人造花之山的山谷深处，两具赤裸的身体在暖烘烘的水汽中、在烟花诡异的彩色光芒中，像发疯般打闹的野兽一样彼此纠缠。看上去就像两个赤裸的人在忘我地舞蹈，一点都不像可怕的杀人场面。

纠缠的手臂，挣扎的身体，满是咸涩泪水的脸紧贴在一起时融合的泪水，彼此胸腔内疯狂地跳动，以及俩人不断淌出的汗水，这些全都交融起来，像要把二人的身体溶解得又黏又稠，像海参一样。

这场殊死搏斗在一种如同游戏的气氛中展开，也许这就是死亡的游戏吧，若这种游戏真的存在的话。跨在千代子肚子上、死死掐住她纤细脖子的广介也好，被男人健壮的肌肉压住、拼死挣扎的千代子也罢，都像沉浸在美妙的快感和难以言喻的愉悦中，把痛苦彻底抛诸脑后了。

千代子很快用惨白的手指画出濒死之际一条优美的曲线，在半空中乱抓几下，黏糊糊的血从她透明的鼻孔中喷射出来，像细细的丝线。一朵硕大的金色花朵就在这时进入天空，把宛如黑色天鹅绒的天幕撕裂，如此巧合，像预先做好了安排一样。金色的粉末飘落下来，落在静止的人间花园、泉水、两具彼此纠缠的肉体上。细如丝线、艳若红漆的血从千代子惨白的脸上流过，如此宁静，又如此美丽。

二十三

人见广介从此再未返回位于T市的菰田家。他完全变成了巴诺拉马国居民，余生将一直作为这个疯狂王国的君王，留在冲之岛上生活。

"作为巴诺拉马国的女王，千代子不会在人世间露面了。岛上有那么多雕像，你应该都看到了。有时候，千代子会变成一尊站立的裸体雕像，混在那些让人目不暇接的同类雕像中。有时候，她会化身为海底美人鱼、毒蛇国耍蛇人、繁花盛放的花园中的花仙子。玩腻了这些游戏，她就留在宏伟的宫殿中，隐藏在重重帷帘背后的深宫中做女王，享尽富贵荣华。这样一座乐园，这样一种生活，她怎会不喜欢呢？她已忘却了时间和故乡，在这瑰丽的王国中彻底沦陷了，一如传说中的浦岛太郎[1]。你们完全不必为她担心什么，你们所爱的主人正在享受最幸福的生活。"

出于对主人的担忧，千代子上了年纪的奶娘来到冲之岛接千代子。广介坐在殿内一座挖开地面建造而成的宏大圆形宝座上，想用君王接见臣子的盛大仪式，把这个没见识的乡村女人吓走。也不知是被广介的甜言蜜语唬住了，还是被这种宏大的场面吓住了，奶娘什么都没说就回去了。广介又用这种方式打发走了家族中其余人。他多次给千代子的父亲送去厚礼，

[1] 日本传说中的人物，他因救下龙宫神龟，被带到龙宫做客。重返故乡时，发现自己的旧相识都已不在人世，他自己也变成了老头子。——译注

又用经济施压或重金收买的方式，堵住了其余亲戚朋友的嘴。他还借助角田管家向官员们行贿。所有事情都进行得有条有理，没有露出半点破绽。

岛上所有人这时也收到命令，不能窥视女王千代子。她每天从早到晚都隐藏在地底宫殿深处，广介寝宫后厚厚的帷帘背后，是所有人都不能闯入的区域。岛上诸人都未对此起疑心。他们很清楚，主人有着怪异的喜好。大家私下里说笑，说国王与女王的缱绻之地就藏在帷帘背后。岛上清楚看到过千代子样貌的只有几人，其余人根本分辨不出谁是真正的千代子。

人见广介借助自己费尽心机制订的计划，将过去的妄想逐渐变为了现实。利用菰田家无数的钱财，他解决了各种难题，补偿了过去一切失败。眨眼间，他从前那些贫苦的亲戚朋友都发家致富了。不得志的杂技团舞女、电影女演员、歌舞伎女艺人来到岛上都能得到厚待，好像日本一流的名演员一样。年轻的文人、画家、雕塑家、建筑师这类人拿到的薪酬，都相当于小型企业的高级主管。就算巴诺拉马岛是充满罪孽的恐怖国，这些人又怎么敢舍弃它呢？

一座人间的乐园就这样诞生了。

这疯狂的岛上每天都会举办聚会，热闹非凡。赤裸的女子化身为花，在花园中绽放；人鱼成群结队，在温泉中悠闲地游来游去；烟花持续不断地绽放；一群雕像呼吸吐纳；黑色的钢铁怪兽张牙舞爪；猛兽喝得烂醉，止不住地大笑；毒蛇跳着妖艳的舞蹈；美女组成的莲花座穿行于这些景色中间；广介身为国王，一身华服，坐在莲花座上，发出狂笑。

岛上正中的巨大水泥圆柱上布满常春藤，柱身上建有直通柱顶的螺旋形楼梯，好像铁制的常春藤。有时，美女莲花座会从这座螺旋楼梯往上爬。螺旋楼梯顶好像一把怪异的蘑菇形大伞，从这里能俯瞰岛上各处的风景，连远处的海岸也不会落下。应该怎样形容这一神奇的建筑呢？随着螺旋楼梯的上升，下面所有风景，包括花园、池塘、森林、人在内，全都不知所终，只剩下一层层石壁。这些红色石壁从顶端往下看，就像重叠在一起的片片花瓣，一直延伸至遥远的海岸。

看过这种只有远观才能看见的前所未有的奇异景象后，来巴诺拉马国旅行的游客必然会在很长时间内惊叹，这种景色他们连做梦都梦不到。要是打个比方，整个岛就如同一朵玫瑰漂在海面上，这朵玫瑰艳丽如骄阳，像鸦片引发的梦的产物。如此纯粹，如此壮美，简直没有能与之媲美者，其酝酿而成的美多么令人惊叹！部分游客可能会由此想到人类祖先见识过的神话世界……

疯狂、放浪、狂舞、沉醉的梦幻游戏，每天从早到晚在这个华美的舞台上上演，我要怎样描绘方能让大家了解其中一二呢？依我看，这里可能有点像大家做过的最荒谬、最残酷、最华丽的噩梦。

二十四

大家觉得这个故事应该就此圆满结束吗？人见广介假扮的菰田源三郎能在这个举世无双的巴诺拉马国中忘却一切，快活地度过余生吗？不会，不会是这样的。巴诺拉马国就像很多古老的故事，将在高潮之后迎来意想不到的惨烈结局。

一天，人见广介忽觉恐慌，却找不到原因。可能是因为成功者的感伤，或连日享乐后的疲惫，也可能是因为内心对过去的罪行感到害怕。总之，他在不知不觉间迎来一阵恐慌。不仅如此，他和这座岛还时刻处在一个男人带来的恐吓氛围中。他之所以感到恐慌，可能主要是因为这个。

广介初次看到这个男人时，此人正站在花园的温泉池边。广介马上询问陪在身边的诗人："哎，那个在池边出神的人是谁？我好像从未见过。"

"主人忘了吗？他也是个文人，是我们的同行。您第二次招聘时聘用了他。您之前从未见过他，是因为前段时间他一直待在故乡，也许是今天才坐船回到岛上的。"诗人说。

"原来如此。他叫什么？"

"北见小五郎。"

"北见小五郎？我完全想不起来了。"

这个人从未在广介的记忆中出现过，这是大凶之兆吗？广介从此每到一个地方，都感到这个叫北见小五郎的文人在看自己。他感觉自己时刻处在北见小五郎的监视中，繁花盛开的花园、水汽弥漫的温泉池对面、机器国的气缸后面、雕像园成群的雕像中间、林中大树下面，全都成了此人监视的地点。

广介终于忍无可忍，在岛中央的大圆柱子后将此人抓个正着。

“你就是北见小五郎吧？你总跟在我后面，让我觉得又别扭又奇怪。”

男人闲闲倚靠着圆柱子，看上去像个郁郁不乐的小学生。听到广介的话，他惨白的脸上露出少许羞惭，毕恭毕敬答道：“不是的，主人，只是碰巧而已。”

“只是碰巧？可能是这么回事。但你在这儿想些什么呢？”

“我在想以前看过的一篇深有感触的小说。”

“啊，小说？哦，你是个文人。那篇小说的作者是谁？题目是什么？”

“作者是个毫无名气的作家，而且那篇小说从未发表过，主人多半不知道。那是一篇短篇小说《RA 的故事》，作者叫人见广介。”

经历过先前的一切，广介现在已刀枪不入，根本不会因这小小的意外产生任何不安。他甚至能平静地面对对方冷不丁提及自己的真名，没有任何反应。他反而还因碰巧遇到从前的读者，感到奇妙的欢喜，用充满怀旧之情的口吻说：“我知道人见广介这个人，他总是写童话。读书时，我跟他还是朋友。不过，我们从未深谈过。我并未读过《RA 的故事》，你是如何搞到这份稿子的？”

“真想不到原来他跟主人竟是朋友。他 19×× 年写了这篇《RA 的故事》，当时主人已经返回 T 市了，对吗？”

“是的。两年前，我见过人见一次，也是最后一次，从此就没有他的音讯了。他靠写小说谋生这件事我是从杂志的广告上看到的。”

“所以主人读书时跟他并不是多么亲密的朋友？”

“哦，是的，我们顶多就是在教室遇到了，彼此问声好。”

“我来岛上之前，就职于东京 K 杂志编辑部，因工作关系看到了人见先生的小说，幸运地读到了他未发表的稿件。《RA 的故事》之所以没能在杂志上发表，是因为主编认为其中的性描写太过露骨。我却认为这是一篇很好的小说。要不是人见先生出道不久，没什么名气，也不会受到这样的待遇。”

“真是可惜。人见广介现在做什么工作？”

广介好不容易才克制住自己，没有说出“我能安排他到岛上工作”。时至今日，他已完全变成了菰田源三郎，相信自己的假死绝不会被人看穿。

“主人还不知道吧，去年他自杀身亡了。”北见小五郎感叹道。

“啊？自杀身亡？”

“他掉进了海里，警察根据遗书断定他是自杀。”

“他肯定遇到了什么困难。”

“可能吧，我也不是很清楚。不过，主人跟人见先生非常相像，就像双胞胎一样。初来岛上时，我大吃一惊，还想人见先生为什么藏在这儿。主人自然也知道您跟人见先生样貌酷似吧？”

“以前同学们总是拿这一点跟我们开玩笑。这是造物主的恶作剧。”广介笑起来，显得光明磊落。

北见小五郎也忍不住笑起来。

此时，岛的上空遮盖着灰色的雨云，平静无风，一场暴风骤雨即将开始。天气如此诡异，海浪从四面八方狠狠拍击着小岛，像野兽一样咆哮着。

高耸的大圆柱子好像魔鬼的梯子，通向顶端的乌云。柱子本身没有投下影子，但有两个小人影在柱底大约要五个人才能抱过来的基座旁谈话。平日里，广介要么坐着裸女的莲花座，要么随身带着好几个仆人，这天却一个人来到这儿，显得不同寻常。北见小五郎只是个仆人，他却跟一个仆人谈了这么长时间，这是很少见的。

“主人和人见先生简直一模一样。要说相像，还有一件事很有意思。”北见小五郎的语气逐渐变得急切起来。

“什么有意思的事？”好奇的广介不愿就此告辞。

“就是我刚刚提及的小说《RA 的故事》。人见先生曾向主人提到过小说的大致内容吗？”

“没有，一点都没有。我说过我们不过是在同一所学校读书，从未深谈过。”

“当真？”

“你真是个怪人，我为什么要对你说谎呢？”

“可您当真这样确定？以后会不会再否认呢？”

广介听到北见如此奇怪的劝告，不禁紧张起来，但为什么要紧张呢？有什么事他好像应该记得很清楚，却在这个瞬间忘掉了，无论如何都想不起来。

“你究竟是什么意思……”说到这儿，广介一下停下不说了。他隐隐想到一件事，顿时变得面色惨白，呼吸急促，腋下不断冒出冷汗。

“瞧，我来到岛上的原因，您已经渐渐想清楚了。”

“我不明白你是什么意思，不要胡说八道了。”广介发出几声笑声，却像鬼魂般空洞无力。

“你若还是不明白，我就直说了。”北见好像忘了俩人主仆有别，“《RA 的故事》中描绘了几处跟岛上完全相同的风景。岛上的风景跟小说中的风景，就像你跟人见先生一样相像。你若从未看过或听过人见先生这篇小说，那这种匪夷所思的巧合是如何出现的？如此相像还说是巧合，也太不可思议了。如果没有跟《RA 的故事》的作者完全相同的想法、喜好，根本无法创造出这座巴诺拉马岛。你跟人见先生长得再像，思想也不会完全相同。刚刚我在考虑的就是这个。”

“是又如何呢？”广介凝神屏息注视着他。

“你还不明白？也就是说，你是人见广介，不是菰田源三郎。你要是看过或听说过《RA 的故事》，还能帮自己辩驳，说你这座岛是仿照小说内容创造出来的。可惜这仅有的一条生路却被你自己封住了。”

广介终于意识到，此人设下了一个圈套，把自己套住了。他在动手建造这个庞大的工程前，把自己的小说仔细读了一遍，确定没有一篇小说会留下后患。可他怎么也没想到，自己未能发表的稿子竟会留下大破绽。他连自己写过《RA 的故事》都没印象了。当初他投的稿子大部分都石沉大海，作为一名作家，他的处境十分悲惨，这点本文开篇曾说过。他在北见的提示下终于回想起来，自己确实写过这样一篇小说。由于多年以来，他一直梦想能创造出人造风景，因此，我们不必吃惊他会将部分梦想写进小说，部分梦想变成现实中的风景，跟在小说中描绘的一模一样。他制订了周密的计划，却想不到因一篇未被采用的稿子露出了破绽。他后悔不迭。

“哎，完蛋了。这家伙可能要拆穿我的本来面目了。但是等一等，这家伙只有一篇小说作为证据，不是吗？这么早就失去斗志可不行。就算岛上的风景很像小说中所写的，也无法证明我的罪行。”这样稳住心神后，广介马上又恢复了镇定，“哈哈哈哈！你这个家伙不要白费力气了。你说我是人见广介？可以，随你怎么说，但我是菰田源三郎，这是事实，你能奈我何？”

“不，你千万不要以为我只有这一点点证据。我已了解一切，之所以用这种迂回曲折的法子问你，不过是想让你亲口说出真相。我对你的艺术才能感到由衷的佩服，因此不想马上让警察来抓你。虽然我是东小路伯爵夫人请过来的，但是让世俗法律来惩治你这个世间罕有的天才，非我所愿。”

“是东小路派你过来的？”广介醒悟过来。

源三郎的亲戚中只有一个人不能用钱财收买，就是源三郎嫁给东小路伯爵的妹妹。肯定是东小路伯爵夫人委托北见小五郎过来的。

“是的，是东小路夫人委托我过来的。你肯定没想到吧，平时基本不跟娘家人往来的东小路夫人居然会监视你的一举一动。”

“不，我只是没想到我的妹妹竟会如此荒谬，怀疑到我头上来了。可是我有信心，只要我跟她当面深谈一次，就能打消她的疑虑。”

“事到如今，你再说什么都没用了。我之所以对你起疑心，一开始确实是因为《RA 的故事》。然而，除此之外，我还有别的更加有力的证据。”

“那你不妨说说你的证据。”

“比如……”

“比如什么？”

“比如这根粘在水泥墙上的头发。”说话间，北见小五郎扒开大圆柱子上的常春藤，暴露出一根附在白色柱身上、如同优昙花的长头发，“这是什么意思，你应该很清楚……哦，别这样，瞧，我的子弹会在你扣下扳机之前先射出去。”北见边说边伸出握着一个闪亮东西的右手。

广介像雕像一样动弹不得，手只能继续放在衣兜里。

“在此之前，我一直在考虑这根头发意味着什么，最终从跟你的谈话中获悉真相。我能确定，这根头发肯定跟某件事关联紧密，它出现在这儿绝非巧合。你若不信，我们可以看一看。”

说完这话，北见小五郎立即从衣兜里拿出一把头尖尖的大铁锤，朝头发下面的柱身用力捶打了几下。柱身上很快出现了一个窟窿，嫣红的液体顺着锤子的尖头冒出来，好像一朵艳丽的牡丹开在白色柱身上。

“里面应该藏着一具尸体，不必完全挖开也能猜得出来。死者是你的，不，是菰田源三郎的太太。”

广介面色惨白如鬼魂，好像马上就要瘫倒在地。北见伸出一只手扶住他，心平气和地往下说：“我能推测出真相，自然不是只靠一根头发。我不过是在不经意间发现，菰田太太必将成为人见广介假冒菰田源三郎最大的阻碍。为此，我时刻留意你跟太太的行踪。一天，太太忽然不知所终。你能欺骗别人，却不能欺骗我。我猜你肯定把太太杀了，你必须找个地方把尸体藏起来。作为一个满脑子都是新点子的人，你会把尸体藏在哪里呢？这个地方在《RA 的故事》中有暗示，但你可能已经没印象了。小说中提到一个叫 RA 的男人，他有种非同一般的喜好，即毫无必要地模仿古代造桥的传说，将一个女人当成人柱，活生生埋入正在建造的水泥大圆柱子里（小说主角能随心所欲地杀人）。我由此想到，难道……我想起太太到岛上的那天，这根圆柱子的围板正在搭建，开始往里浇灌水泥。把尸体藏在柱子里，的确十分保险。你只需趁着没人时，抱着尸体登上脚手架，把尸体丢进围板，再浇灌上两三罐水泥即可。可你怎么都没想到水泥外面会露出一根头发，这种破绽往往让犯罪者难以预料。”

广介终于撑不下去了，有气无力地歪倒在千代子的血流过的柱身上。

见他如此可怜，北见小五郎心生同情，但还是坚持把自己的想法说完：“你必须杀死太太，正好能证明你不是菰田源三郎。你明白了吗？我刚刚提到的证据就包括太太的尸体，但又不仅仅是太太的尸体。另有一项证据才是至关重要的。这项证据是什么，你可能猜到了，就是菰田家在菩提寺的坟墓。大家之所以相信死而复生的是菰田，是因为大家都看到坟墓中菰田的尸体不见了，而在另外一个地方，一个跟菰田完全一样的活人出现了。可是棺材里的尸体消失，并不意味着死者一定死而复生了，也有可能是失踪或被转移到别处。旁边不是埋着很多棺材吗？这对挖尸体的人来说，堪称最佳藏尸处。这个魔术实在是高明。菰田源三郎的坟墓紧邻他祖父的坟墓，这对祖孙的骸骨眼下正在你的好心照料下，抱成一团长眠呢，真是温馨啊。”

人见广介原本已萎靡不振，听到这儿却一下跳起来，发出恐怖的大笑声：“哈哈哈哈！查得这么清楚，你可真厉害呀！的确，一切如你所言。可是不用你这位名侦探插手，我也迟早会走上绝路。我刚刚大吃一惊，几乎忍不住对你痛下杀手。不过细细想来，这样做也不过是将快乐延长半个月、一个月罢了。我已经没有任何遗憾了，我想创造的艺术、想完成的事业都已变为现实。我索性就恢复人见广介的身份，随你怎样处理。说句老实话，富有的菰田家也只能维持这种生活大约一个月。对了，你刚刚提到，你不想随随便便让世俗法律惩治我，是什么意思？”

“多谢你。我听完你这些话，已经很满足了……至于我那句话的意思，是想让你接受我的处理，不要动用警察的力量。东小路伯爵夫人并未授意我这样做，但作为跟你一样的艺术的仆从，我个人希望你能接受我的处理方法。”

“多谢你，请不要拒绝我的感谢。我还需要少许自由的时间，不过半小时而已，你能答应吗？”

“当然。你在岛上有几百个仆人，要是你杀人的事泄露出去，他们绝不会帮你。况且你这个人应该不会找人帮忙，也不会说话不算数。我就找个地方等着你吧，选在哪个地方比较好呢？”

“花园温泉池。”说完这话，广介就在大圆柱背后消失不见了。

二十五

过了十分钟，北见小五郎泡在弥漫着香气的温泉中，悠闲地等候广介。很多赤裸的女子围绕在北见身边。

空中还是布满乌云，连一点风都没有。花之山沉沉睡去，周围都灰扑扑的。温泉池平静无波，围在北见身边的数十名赤裸的女子一言不发，如同尸体。北见觉得此处的风景就像一幅天然形成的沉闷的贴画。

十分钟过去了，二十分钟过去了，时间流逝得如此缓慢。周围是凝固的天空、花之山、温泉池、一群赤裸的女子，以及梦一样的灰色——其将前面的景致化为了一个整体。

很快，从温泉池角落骤然响起放烟花的声音，吓得大家如梦初醒，抬头看到空中一朵又一朵极美的烟花盛放，不禁再次感叹起来。

盛放的烟花占据了整个天空，每朵烟花都有普通烟花五倍那么大。不像是一朵花，更像是很多大大小小的花融合而成的。花瓣色彩斑斓，像在看万花筒。在下坠的过程中，烟花变得越来越大，不断变换颜色、形状。

这种烟花有别于夜晚或白天的烟花，其绚烂的光芒在乌云和灰蒙蒙的背景下逐渐散开，越来越模糊不清，给人以恐怖的感觉，像不断下降的钓天井[1]。这一幕如此美妙，又如此可怕。

北见小五郎不经意间发现，在这绚烂的烟花映照下，好几个裸女脸上、肩上都沾上了红色的泡沫。他原本并不在意，以为是烟花照在水蒸气上，给水蒸气涂上了颜色。很快又有很多红色泡沫猛喷下来，暖暖的水滴滴落在他额头、脸上。他伸手抹一抹脸，毋庸置疑，手上沾上了人的鲜血。有样东西漂在前面的池面上，他目不转睛看着那儿，发现那是一只被硬扯下来的人手，不知何时掉到了这里。

奇怪的是，那些赤裸的女子面对如此血腥的景象，竟一点反应都没有。北见小五郎在吃惊之余，也待在原地纹丝不动，头靠在岸边，眼睛注视着那只已漂到他胸口的残肢手腕。手是刚刚断裂的，伤口上嫣红的血像花一样盛放。

人见广介的身体就这样跟烟花一起被粉碎，变成鲜血、碎肉，像雨一样洒在他创造的巴诺拉马国各处。

[1] 日本一种活动的天花板装置，能压死底下的人。——译注

图书在版编目（CIP）数据

两钱铜币 /（日）江户川乱步 著；张晓东 译 . -- 沈阳：万卷出版公司，2021.8
ISBN 978-7-5470-5617-2

Ⅰ . ①两… Ⅱ . ①江… ②张… Ⅲ . ①推理小说－小说集－日本－现代 Ⅳ . ① I313.45

中国版本图书馆 CIP 数据核字 (2021) 第 012990 号

出版发行：北方联合出版传媒（集团）股份有限公司
万卷出版公司
（地址：沈阳市和平区十一纬路 25 号　邮编：110003）
印 刷 者：北京欣睿虹彩印刷有限公司
经 销 者：全国新华书店
幅面尺寸：165mm × 225mm
字　　数：200 千字
印　　张：14.5
出版时间：2021 年 8 月第 1 版
印刷时间：2021 年 8 月第 1 次印刷
责任编辑：张洋洋
责任校对：高　辉
装帧设计：主语设计
ISBN 978-7-5470-5617-2
定　　价：58.00 元
联系电话：024-23284090
传　　真：024-23284448